U0932038

梅櫻二集

沈西城 著

黎漢傑 編

目錄

第二輯

第三輯

第四輯

第五輯

《梅櫻三集》序

從記憶中搜索，第一本《梅櫻集》應出版於一九七六年七月，距今已四十九年矣。第二本《梅櫻二集》，出版於二〇二三年七月，距第一本亦已有四十七年。漫漫長路，我心中的中、日文化之旅仍然藕斷絲連，欲斷難斷。到了二五年四月，又準備出版《梅櫻三集》了，很覺得意外。除了第一本，第二、三本，功勞最大的並非作者我，而係初文出版社社長黎漢傑君。他神通廣大，竟能從香港各圖書館，搜索到我分刊於不同報紙、雜誌上的舊文章，有許多連我自己都不存印象了，像水上勉那篇父子相認的文章、吉川幸次郎的文論譯述、安部公房的小説翻譯，大抵都是七十年代中期譯寫的。相隔四十多年重看，不無惆悵和感觸。書中所寫的人物，大多已不在世上，而我亦從五陵少年變成白髮老翁，心中自不免有一絲淒涼，慨嘆。一直以來，許多朋友都以為我喜耽風月，行為不端，孰不知我開步走的正是文學之途，我愛文學、熱戀文學。黎君的搜集正好為我這個素被視為浪子的人，稍作開脱，我由衷地脱帽感謝。書中除了上述的日本文學大家文章外，還有幾篇講述《中日電影發展史》的譯作，詳細地講述了中、日電影的開創旅程，值得一看。賣花讚花香，君子不為，我非君子，不在此例。

西城　乙巳年初春於隨緣軒

文學的另一面

——我的《梅櫻三集》整理筆記

黎漢傑

我想，西城叔叔一直對「浪蕩才子」這個稱呼比較介懷。「浪蕩」分公與私，翻開《五代史平話》，恰巧兩種都有講，正好拿來舉例。屬於私人層面的有：「郭威是個浪蕩的心性，有錢便要使，有酒便要吃。」一花錢喝酒，都是自己的事，妨礙不了誰，最多就是看着不順眼，如此而已；公共層面的就問題大得多：「謔得敬塘不敢回家見着父親，浪蕩出外州去。」走出家門到外行事，和人相關的言行，無疑一顆石頭都可以激起千重浪。私事，照我看來，除非出現糾紛或者官非，否則其實與大眾毫無關係。西城叔叔在意的是公的層面——難道他寫稿幾十年，只是娛樂大眾，卻對文化毫無建樹？

檢驗一個人對文化有多少貢獻，最常見的做法就是去看看他們在哪些刊物發表過多少文章。情況類近大學的教授升等評核，一篇文，發表在甲級期刊的有五分、乙級的四分、丙級的三分，如此類推。於是，按照這個邏輯，沈西城的文章就評為沒有貢獻。原因？他沒怎麼在那些被視為嚴肅的、受學術界認可與追捧的文學刊物上發表文章呀！

不過，這根本就是胡說八道！

《梅櫻三集》收集整理的文章有兩批稿件，一種是近十年來的專欄文章，在網絡上不難找到。另一類是「封印」了幾十年，寫於上世紀七、八十年代的，正如作者在自序說，很多文章連他本人都不記得，讀者自然不會知道。可是，正正是這些老古董，有力地證明了西城叔叔是對文學、文化有過貢獻的。

要了解別國的文化、文學，翻譯是不可或缺的。本書收錄的翻譯文章，有論文類的如增田涉回憶與魯迅在上海相知、相處、相別的生活；日本漢學家吉川幸次郎講中國現代文學的源流，要知道對他這個專門研究中國古典文學的專家而言，這篇不屬於古典範疇的講稿無疑是稀有品種。

至於創作類的，作家有安部公房、福永武彥、吉行淳之介。福永武彥、吉行淳之介這兩個名字，即使到今時今日，仍然是冷門。查香港所有大學的館藏，福永武彥的中文譯著，就只有一九七三年台灣晨鐘出版、余阿勳譯的《草花》，不過這部書是長篇小說，西城叔叔所譯卻是他的散文，並在譯後記引用了川端康成的評價：「有了福永君的散文在前，我重讀自己的作品，不禁有點兒要面紅了。」說福永武彥是「現代最有名的散文家」。當然，好事者或者會問到現在都沒人翻譯，這個作家是不是真的「有料到」？我只能說，你可以不相信沈西城的判斷，但不能不信台灣晨鐘出版社的眼光。晨鐘出版社的老闆是誰？有兩個人——白先勇與他弟弟白先敬。

福永武彥隨筆兩則

——沈西城譯——

土鈴

這是以前去京都時候的事了。

某晚，跟妻子在河原町散步，信步走進一間舊家具店裡。兩個人正在瞪著眼睛四下看看有什麼好東西的當兒，妻子忽然大聲地喊起來，哎喲！這裡有土鈴呀！一看，在架子的角落裡，滿是塵埃的箱子中，正裝滿有許多的土鈴。我們很快便從年輕的店員手上看到了這些土鈴。

雖說眞好像很有研究似的，事實上，我家裡不過祇藏有一個從人家那裡得到的，叫做英彥山嗶咿棒的福岡縣鄉土玩具而已。（但是，這個名字一直都不知道。）音色十分淸徹。由於老早便對土鈴這種東西有所留意，因此，不論我與妻子，在旅途上看到有這樣多的土鈴，都不覺吃了一驚。聽說是蒐集的人所賣掉的，大約總共有四十個。店員說，要是三四個，可以準確，但是，可惜的是，我們却沒辦法估計那幾個是珍貴的。每一個土鈴的音色，我們都喜歡，於是妻子便問，全部在內要多少錢。因爲是首先發現的，當然自己想要買。我一個人獨笑著，看著她跟店員在議價。

多少錢，隨便給好了，還是答覆。好像是商議好了，便快手快脚的把土鈴一個一個的用紙包起來。放心不下的妻子還在問價錢，店員便往店堂裡面拿來一個牛皮茶色紙信封，放在我們的面前。

請隨便放多少去好了，這樣說了後便馬上一個勁兒的繼續包紮了。妻子跟我不僅面面相覷，還是京都式的買賣方法嗎？

因爲是用我的零用錢來買的，不能出得太多呀！妻子終於斷然地這樣表示。把若干錢幣放進去後，我們便抱著大包裹，一邊道謝，一邊離開了店舖。各位，你們以爲她到底收了多少錢進去呢？

（昭和三十二年五月）

我與外國語

● 沈西城翻譯福永武彥的隨筆，刊於一九七八年一月《當代文藝》第一四六期

● 沈西城翻譯吉行淳之介的小說，刊於一九七六年一月《大任》第十九期

吉行淳之介在台灣比較多人認識，皆因八九十年代曾翻譯出版他的幾部作品：《化妝》、《等待的女人》、《暗室》、《夕暮》。沈西城翻譯吉行淳之介，現在看來沒什麼大不了，但請留意這文章的發表年份——一九七五年六月譯畢，一九七六年發表在《大任》，比起對岸，足足早了十幾二十年！那麼，沈西城是最早翻譯吉行淳之介的人？我不敢確定，不過搜尋香港中文大學的「香港文學資料庫」，翻譯吉行淳之介的僅僅有兩條資料，分別是：蘇關南所譯的〈花束〉，刊於《基督教文藝》第二期，時間是一九八二年六月；湯禎兆所譯的〈請喝咖啡〉，刊於《星島日報》，時間是一九九三年五月。兩者都比沈西城的晚得多。

「香港文學資料庫」無疑是本地目前檔案最豐富的電子資料庫，但為何搜尋吉行淳之介，卻沒有沈西城的資料？讓我們換個角度，看看資料庫裏面，西城叔叔的資料（二〇二五年三月二日搜尋記錄）——

沈西城，

文章數量：二二三

期刊來源：

武俠世界：九十篇
大成：二十五篇
香港文學：十八篇
當代文藝：十三篇
明報月刊：十篇
大任：九篇
明報：六篇
……

《梅櫻三集》收錄的文章，不少來自《大成》、《當代文藝》、《明報月刊》、《大任》，〈吉行淳之介的《同情心》〉正是發表在《大任》第十九期。可是，重點來了——資料庫卻沒有記錄！

資料庫誠然是幫助研究者尋找資料的輔助工具，但，僅僅是輔助。可是，在電子世代做研究很方便，敲幾下電腦鍵盤，就有數據可以用來寫文章做報告，因此大家都不會再去圖書館的書架上，找來一本一本舊期刊，翻開發黃的紙頁，慢慢核對究竟電腦給的資料，會不會有錯漏了。

因為沒記錄就等於不存在，若果大家就按着同一個資料來源，來判斷、評價個別作家的成就，很自然，在研究者眼中，沈西城確實對文學、文化沒做過什麼貢獻。資料有缺漏的，當然不會只有沈西城一個，但是除此之外還有一個對他來說致命的問題：資料庫收錄的期刊，並非沈西城的「主場」！

研究文學的人大多來自學院，他們對作家的了解與認知，絕大部分來自於所謂純文學的刊物。因此，他們會對諸如《中國學生周報》、《素葉》、《大拇指》、《作家》這些刊物非常熟悉，甚至可說是如數家珍。但是，純文學刊物的文章是否等同當時寫作園地的全貌呢？

翻查《梅櫻三集》寫於七、八十年代的文章，關於中日早期電影的發表在《大成》，中日閱讀筆記的則在《大任》，兩本都不屬於所謂純文學的期刊，不過資料庫也有記錄，只是有不少缺漏而已。可是幾篇夾譯夾寫的日本作家素描，諸如〈《伊豆の踊子》作者川端康成孤僻獨特〉、〈一代才女林芙美子〉刊載在看名字會以為是兒童讀物的《益智半月刊》；〈一封新近發現的川端康城舊書簡〉、〈水上勉父子相逢〉發表在流行文化刊物《號外》；還有明顯不屬於文學類的刊物：《電影雙周刊》刊登的那篇〈淺

「伊豆之踊者」原作者

川端康成性格獨特

沈西城

●〈《伊豆の踊子》作者川端康成孤僻獨特〉發表於一九七六年一月《益智半月刊》第一期

水上勉父子喜相逢

沈西城

●〈水上勉父子相逢〉發表在一九七七年九月《號外》第十三期

談日本女性〉……這些，都不見於資料庫。因此，如果用純文學的有色眼鏡來看沈西城，則情況必然類同數十年前大眾看民國時期周瘦鵑、包天笑這些所謂鴛鴦蝴蝶派的作家，因為寫愛情、偵探，就等於不入流。然而，這真的是事實嗎？

翻譯，靠苦學，是可以做到。可是，與作家訪問，就純粹是機緣。比較多人知道西城叔叔曾親身訪問松本清張（文章見《梅櫻二集》），訪問稿更已被譯成日文：松本清張氏の印象記，刊登在學術期刊《松本清張研究》二〇一四年第十五號，他寫松本清張的文章自然也就比較多，例如本書收錄的〈松本清張二三事〉、〈松本清張也曾遭白眼〉。而他那篇〈松本清張談推理小說之文學性娛樂性〉則翻譯自權田萬治的《宿命的美學》。權田這部書，網上僅見「中文百科」網站提及過，如果說華文世界最早讀過整部書稿的，恐怕沈西城即使不是第一，也一定是前十。

可是，西城叔叔訪問過的作家並不是只有松本清張一人。〈中村真一郎先生印象記〉前面是記敘與中村先生見面的片段，後面則是正正經經的訪談。中村真一郎以文學評論知名，對華語讀者來說，屬於比較冷門的類型，自然知者不多。這篇訪談雖然不長，但是卻明確表達了中村對文學的觀點：「所謂感情傳統，可以說是一種抒情精神，這是日本文學傳統的中心，沒有這樣的根，寫出來的東西便無法表達出日本人民的感情。」換言之，文學要有傳統的根，即「尊古」，但同時不要「仿古」：「我從來不贊成一個時代的文學要進行什麼復古運動。我個人自然尊重傳統，但每一個時代都有它本身的文章風格，不必向過往認同。」在中村真一郎的眼中，在當代日本寫作，重要的不是模仿傳統文學的主題或者形式，而是能傳承那些經典作品所蘊含的文化精神。

當然，訪問作家，有成功，也會有失敗的案例。《梅櫻二集》已提過他曾約見井上靖不果，在〈松本清張也曾遭白眼〉也有記述：「說來湊巧，我跟松本先生一樣，也曾受過井上的白眼。」被拒絕的滋味當然不好受，但是這不就說明了西城

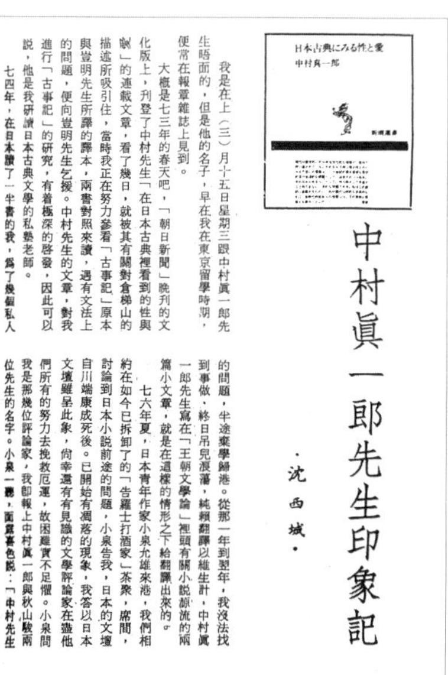

中村眞一郎先生印象記

·沈西城·

我是在上（三）月十五日星期三跟中村眞一郎先生晤面的，但是他的名子，早在我在東京留學時期，便常在報章雜誌上見到。

大概是七三年的春天吧，「朝日新聞」晚刊的文化版上，刊登了中村先生「在日本古典裡看到的性與愛」的連載文章，看了幾日，就被其有關對倉梯山的描述所吸引住，當時我正在努力參看「古事記」原本與豈明先生所譯的譯本，兩書對照來讀，遇有文法上的問題，便向豈明先生乞援。中村先生的文章，對我進行「古事記」的研究，有着極深的啓發，因此可以說，他是我研讀日本古典文學的私塾老師。

七四年，在日本讀了一半書的我，爲了幾個私人的問題，半途棄學歸港。從那一年到翌年，我沒法找到事做，終日吊兒浪蕩，純賴翻譯以維生計，中村眞一郎先生寫在「王朝文學論」裡頭有關小說源流的兩篇小文章，就是在這樣的情形之下給翻譯出來的。

七六年夏，日本青年作家小泉尤雄來港，我們相約在如今已拆卸了的「告羅士打酒家」茶聚，席間，討論到日本小說前途的問題，小泉告我，日本的文壇自川端康成死後。已開始有凋落的現象，我答以日本文壇雖呈此象，尙幸還有有見識的文學評論家在盡他們所有的努力去挽救厄運，故困難實不足懼。小泉問我是那幾位評論家，我即報上中村眞一郎與秋山駿兩位先生的名字。小泉一聽，面露喜色說：「中村先生

●〈中村真一郎先生印象記〉原刊一九七八年五月《當代文藝》第一五〇期

叔叔確實在日本文學下過苦功，做過不少在香港（更或者是兩岸三地）而言是獨家的訪問。

翻譯是溝通兩地文化必要的橋樑，訪問是了解作家寫作動機與理念的重要文獻，更不要說對作家的簡述、筆記、報道，這些都是歷來備受肯定的文化工作。既然在四五十年前，西城叔叔確實已經交出一份足夠亮麗的成績單，那要是再說他「浪蕩」，甚至「胡混」，似乎說不過去吧！

二〇二五年三月二日

第一輯

回憶魯迅（譯）

原著：增田涉

是昭和六年（一九三一）三月二十日過後（正確的日期我已經忘了），我不抱什麼目的，只不過懷着到中國去看看的心情，放洋到了上海。那時我是在大學裏唸中國文學系的學生，這可以說便是我要到中國看看的唯一動機了。從學生時代便協助翻譯中國文學工作的佐藤春夫，給我寫了一封去拜訪上海「內山書店」老闆內山完造的介紹信。我帶着這封信，去見內山氏，大概便是到達上海的當日，或者是隔了一天的事了。

內山氏對我說，聽說你是唸中國文學的，現在碰巧魯迅正住在上海，如果你可以跟魯迅作種種請教，那不是很好嗎！魯迅每日午後一過，都會來這兒的，我可以介紹你相識。但是魯迅其人，可在日本幾乎是沒有人認識的。我雖然是中國文學系的學生，魯迅的名字與作品，粗略也知一二，然而魯迅正住在上海這件事，我是全不知曉的。內山氏這樣對我說時，我不免感到意外。同時我覺得能夠有機會認識魯迅，實在是難得的運氣，因而就想到要盡量學習與吸收他的所學，然後才回國。結果，一直到那年的十二月二十九號為止，我都留在上海，每日上魯迅老師的寓所，跟他學習。不過，我所準備的旅費，只夠開頭第一個月應用，於是便呈不足。因為要學習，每月便由父親寄錢給我，在上海繼續住下來。

由於沒有格外為機構做事，也沒有從別處收取任何義務津貼，在上海，我的時間，全部能夠由我自己去支配。具體來說，我的工作便是每日早上，略讀老師所寫的《中國小說史略》，午後，一兩點鐘左右，便到老師寓所去，並排坐一桌，動筆把《中國小說史略》翻譯成日語，並向坐在旁邊的老師請教讀法，困難的字句，難解的內容，以及時代的狀況，也一一請教。我把老師的解答，用鉛筆在原書摘記下來。工作每日都繼續至黃昏為止，中間會有一次休息，那時就會享用由許廣平夫人所送上來的茶與點心。茶嘛，老師有時也會自己從中國式茶壺裏倒的，點心卻是夫人送上來。許多時，我也會留下來吃晚飯。

講解開始前，半途休息時，以及講解完畢後，總會閒談三十分鐘左右。閒談時，我便貪婪地問及那時候中國文學界的狀況與政治的實況，老師所遇的經歷，以及跟經歷有關的政治與文學的情形。憑着這樣的閒談，我得到各種教益，而且對當時中國的政治與文學，所得到的具體知識，亦復不少。同時在這當中，也可知道魯迅這個人是如何生存着的。後來在昭和十年（一九三五）《中國小說史略》日譯本出版時，老師給我寄來用日文寫的序文，這裏面也寫着——「回憶起來，是四五年前吧！增田涉君幾乎每日都到寓齋來，就此書向我提出詢問。偶爾也縱談當時文壇的情況，很是愉快。」

翻譯《小說史略》的工作，照《魯迅日記》所記，是在七月十七日完畢的。在這工作大致完成時，我把在閒談時所聽到的魯迅老師所走過的人生道路，那時代的中國政治，文學情況，以及當時老師的應對姿態等資料，彙集起來，寫成《魯迅傳》，寄去日本，在《改造》雜誌上發表。

《小說史略》的翻譯工作完成後，我接着便把《吶喊》，《彷徨》作為範本，繼續做着同樣的工作。到這也差不多做完時，又從雜文集裏，選出適合的，再做同樣的工作。不久，因為有鑒於上海的惡劣氣氛，我不得不回日本去。

不過，也不定是光講解的，跟老師夫婦一起去看外國電影，欣賞畫展，也是有的。只有一趟，而且也只是的的確確看看罷了，我們到過一間舞廳參觀了十分鐘，或者是十五分鐘左右。就這樣，十個月中，幾乎每日都去老師的寓所，至於把那期間，我所見所聞所想到老師的事情，彙集起來，出版《魯迅的印象》，已經是回國十年以後的事了。

結束上海生活回國時，老師送了我一首「送別詩」，而且又要我把土產帶回去送給我每一個家人，一邊還叮囑我這是給你父母的，這是給妻子的，這是給孩子的。後來我的大兒子出世時，他又寄來中國傳統的金屬「護符」。老師的著作與編輯的刊物，逢出版時，都會寄來給我，同時跟老師有關係的雜誌，像《文學季刊》、《文學》、《作家》、《譯文》，另外《十字街頭》、《文藝新地》、《前哨》、《芒種》等，也會不斷地寄來。我想這都是為了扶掖想要學習中國文學的我，才會這樣經常關懷我。

回國後，我以在上海時所做的筆記為藍本，開始翻譯《中國小說史略》。不過一旦翻譯時，仍會有各種問題呈現出來。因此，我就有關的疑問，寫信再向老師請教。除了寫上問題的紙張外，還附有一般我不能理解的各種關於中國事象的詢問，以及告知身邊瑣事的信。大概一個月中總有兩趟，寄出提問題的信，以及附於其內的信件。老師會在我寄去提問題的信紙上，一一細心地用毛筆寫上答案，而且還會在另一張信紙寫上自己身邊的事，或者是文學界的情況，然後附在同一信封裏寄給我。這五十八封信現在仍保留着。前幾年，中國人民對外友好協會通過日中文化交流協會，要求把老師的這些信件複印寄奉。把所寄奉的複印信件彙集編輯，今年（一九七五）一月，中國文物出版社出版了《魯迅致增田涉書》。在這信件中，也曾寫着當時（一九三二至一九三六年）老師身邊的事以及關於文學界的情形。特別是老師那篇〈答徐懋庸並關於抗日統一戰線問題〉的文章，證實了《魯迅全集》（一九五七年版）裏面的注釋有誤。

因為內山氏有信來通知，魯迅先生病重，倘若想要見面，現在是時候了。昭和十一年（一九三六年）七月，我再度到上海去看老師的病。老師給我看了他自己肺臟的愛克斯射線照片，肺部已經有百分之八十以上被結核病菌所侵蝕。老師後來又把照片拿出來，給比我稍遲而來的茅盾看。

那時，我雖然有一個多月在上海（其中大約有一個禮拜，應畫家傅抱石之邀去了南京），但在上海時期，卻只探訪過老師四五趟左右而已。由於內山氏怪我去跟他閒扯之後，老師的熱度又會高起來，我略有躊躇，再也不能像先幾年那樣，每天去看望他，聆聽他的教誨了。就是那趟老師請我吃晚飯時候的事了，半當中，老師對我說覺得很倦，要睡了，你慢慢用吧，由許廣平夫人扶着，蹣跚地登上樓梯，走上二樓的臥室。這衰弱的背影顯得可憐兮兮的，我在樓下的飯廳，飲了好幾杯放在那兒的玫瑰露，心情是非常的沉痛。

最後的一趟見面，大約是離那天的十日後，我從南京回來的八月中旬。我去向他辭行，告訴他明天便要回日本去，老師把老早便準備好給我的三種食品的土產，一一包得好好的交給了我。那天他精神特別好，一直送我到門口，我也頻頻回首去看他。那時候老師一身雪白長衫的姿影，到四十年後的現在，仍然殘留在我底眼前。

後記：增田涉先生所寫的〈回憶魯迅〉，原文刊於魯迅展的特輯中。自去年十月十九日開始，為紀念魯迅逝世四十週年的魯迅展，在日本各地作巡迴展覽，首站仙台，而以廣島為終站。除增田涉先生的文章附列於特輯之末外，還刊有剛逝世不久武田泰淳氏與有吉佐和子女士的文章。不過，增田氏的文章比較長，而且由於曾事師於魯迅，所得印象自要比一般學者為深刻，乃予譯出，作為研究魯迅人士參考之用，未始不是有意義的事也。

原刊《明報月刊》，一九七七年三月號

增田涉著《魯迅的印象》

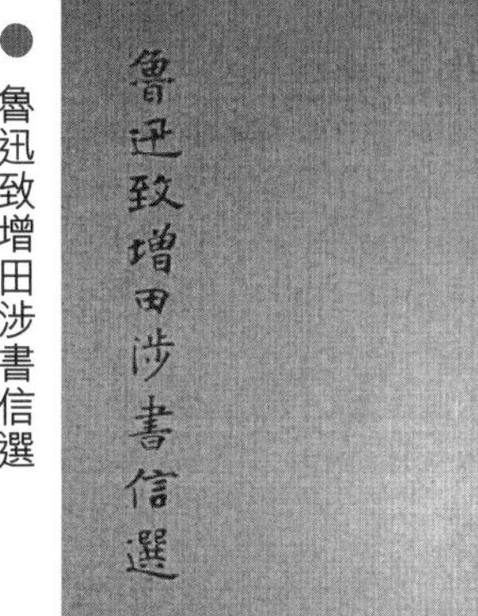

魯迅致增田涉書信選

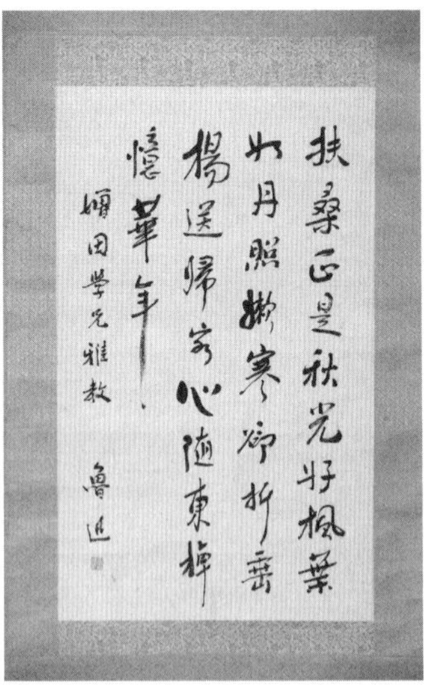

魯迅一九三一年十二月題贈增田涉的辭別詩

魯迅贈送增田涉照

魯迅致增田涉書信

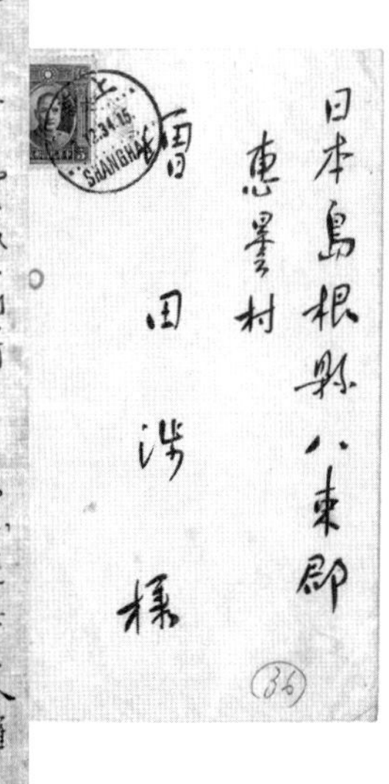

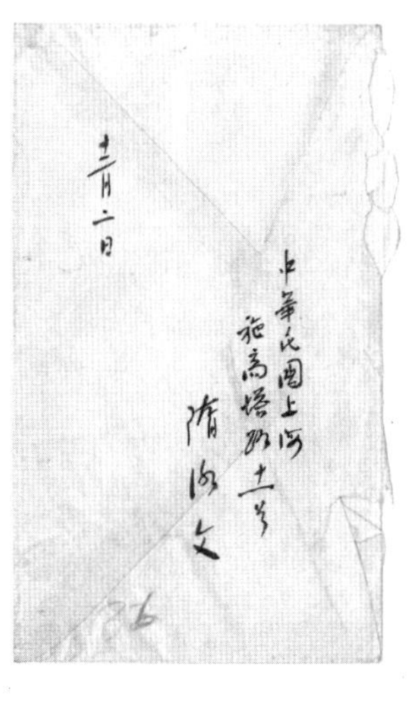

周揚與日本作家的對話（節錄譯述）

引言

在中國積極推行四個現代化的計劃當中，各方盛傳中國作家與學者正在迎接嶄新的文藝復興時期。這一趟相隔十四年的中國作家代表團訪問日本；正好是了解這「文藝復興」有沒有在發言中得到證實。

中國作家代表團於五月十日抵日，前後開過三趟文藝演講會，直接跟日本普羅大眾談話，傾聽他們的意見。此外，又巡訪日本各地，領略日本風景的特質，並同許多日本作家進行了談話。

代表團由關西打道回東京，途經箱根，《讀賣新聞》覷這機會，訪問了代表團，並安排代表團的團長周揚，團員柯岩跟日本著名作家井上靖與城山三郎舉行一趟閒話家常式的對談，以下便是周揚等人與井上靖等當時談話記錄的節錄。

向日本學習

井上：周先生光臨日本，看到日本的風景，有什麼印象與感想呢？

周揚：我在半世紀以前曾經來過日本，今趟是第二次。日本給我的印象是有了很大的改變。用毛澤東主席的詩來說，便是「人間正道是滄桑」，我確有這樣的感覺。雖然其間有過迂迴曲折的經歷，在這五十年裏，日本已成為經濟大國，而中國則成為社會主義國家。

日本在現代化這一方面，有很大的成就，我們的祖國現時也開始朝現代化的道路邁進，很有成為像日本那樣現代化國家的自信。另外，在文學的領域裏，我們也要大大的向日本朋友學習。應該向日本學習，要大大的向日本朋友學習，是我最先而又是最大的感想。

至於有關日本風景之美，最好還是問一問我們的女詩人。

柯岩：（譯註：柯岩，原名馮愷，滿族，祖籍廣東南海，生於河南鄭州，詩人賀敬之的妻子。）日本是一個不能用言語形容的美麗國家，正如毛主席的詩所說「江山如此多嬌」。我還是第一趟訪問日本，卻有不是客人，而是回到自己家裏那樣的心情。這可能是因為以前通過文學作品，對日本與日本的風景，有了某些認識的緣故吧！我對日本最深刻的印象便是日本是一個十分美麗的國家與十分友好的國家。

周揚：日本風景的特徵，是在於把自然美跟現代化這兩種東西巧妙地連結起來。中國風景優美的地方不少，我相信井上先生與城山先生也觀覽過。但是，在這一方面，我們得再大大的向日本學習。

井上：日本也不是進行得那麼順利。中國所要面對的最大問題，便是今後在起廠房、搞建設時，盡量不要破壞廣大而又美麗的大自然景色。

城山：我對萬里長城留下很深刻的印象。中國的大自然十分廣大，而面對這大自然，人類所創造的東西亦同樣非常偉大。這兩種東西融合起來，萬里長城便成為了大自然的一部分。歷史的悠久性是中國風景的巨大魅力。因此與其製造那些奇形怪狀的登山纜車，倒不如讓每一個人都能步行去那些名勝觀賞更好。

井上：我感覺到人工創造的東西變成大自然，便是運河。這是隋煬帝為着要連結揚子江與黃河，動用了不能想像的巨大工程所築成的。在那運河旁邊的蘇州與揚州，現在人工河與天然河已完全沒有差別的存在於小鎮裏。利用運河，連接運河，成為水利設施。我參觀過後，感覺到古老的東西，已完全甦活過來。

柯岩：另外還有現成的例子，那便是井上先生在新疆維吾爾自治區所見到的地下用水道。分散的水路連接起來，成為灌溉用水，為新疆的農業發展盡了力量，確實是「推陳出新」。

井上：從飛機上看到那些直線時，心裏感動得很，因為我感到了人類欲求生存的堅強意志。日本有句俗語「五風十雨」，即是說每五日會刮風，每十日會下雨，就是不加理會，也會綠葉成蔭。但是植物這東西，人類不加栽育，是不會好好生長的。這是我去到新疆邊境時，得到的經驗。正因日本一直有即使不加栽育，植物也會生長的觀念，所以都市的街樹並不長育。

柯岩：就是在中國，南方也以為不加栽育會生長，所以多不加照顧。但是北方，尤其是新疆一帶，由於自然條件惡劣，天氣乾燥，所以不作出加倍努力，植物便不會生長。因此，北方的街樹反過來長得更美。

井上：沙漠小鎮的街樹，真是特別的美。我以為日本的都市也應該用沙漠區的人同樣的想法來對待植物。

歷史的緊密感

城山：我們日本人一向通過中國的詩來想像，在心裏描畫中國廣大的大自然。舉例說，我現在正把五十年前當首相的濱口雄幸寫在小說裏。濱口被右翼襲擊致死，在彌留之際，正在床上吟詠着「月落烏啼霜滿天」的詩。這首詩深受日本人喜愛，就連一國首相在臨死邊緣也要在床上吟誦。

井上：我去參觀敦煌與新疆維吾爾自治區，感覺到文學與美術擁有非常巨大的力量。在敦煌唐代的石窟裏，幾乎全描繪着那時候的風俗、習慣與服裝。後來《讀賣新聞》所主辦的絲綢之路的展覽會中，又陳列了西域樂人騎着駱駝的唐三彩。唐三彩就放置在當時的長安城中。唐代的舞蹈是胡旋舞，唐代詩人曾吟誦出的胡旋舞到底是怎麼回事。

唐代是優秀詩人輩出的時代，詩篇吟誦了長安牡丹花的名勝，青明寺的牡丹花是什麼樣的花，萬千群眾怎樣聚集在那裏。或者，又吟誦大雁塔對下流淌着的曲江的旁邊，每到假日，萬千群眾如何喧鬧。這些景物都是很敘事式的——日本的詩是敘情的。中國詩則將事物具體地吟誦於詩篇當中。這到了現在，對歷史的再現發揮了極大的任務。（譯註：這是對中國詩極高的評價。）

柯岩：中國詩有敘情，也有敘事、強調情景交融，到現在依然還強調這一點。

周揚：即使從歷史上看，唐代也是吸收外國事物最隆盛的時代。所謂唐代的十部樂，有九種是通過西域路徑從外國輸入的。胡旋舞也是這樣。至於楊貴妃是否跳舞？那又另當別論。

井上：（笑）安祿山會跳。

柯岩：井上先生的作品裏常描寫唐代，今趟《天平之甍》又被拍成電影，我們能通過電影看到當時的文化與當時的風俗。這真令人覺得高興。

周揚：即以世界全體而言，像中國與日本那樣有着深長的歷史關係，緊密的文化交流，也是罕見的。

城山：以日本來說，可以說是入超得厲害。

周揚：（一笑）可是到了現代，我們方面變成入超了。

井上：日本奈良時代跟中國唐代的關係，在日本留下了決定性的影響。現在我們對中國，有跟世界其他國家不同的特別親切與敬愛的心意，是由於一千二三百年前的源流，現在仍傳承着的緣故。（譯註：要讀懂日本，這段話十分重要。）

創造新文化

周揚：我想就迎接文藝復興期的中國文藝界的情況約略說明一下。也許是一九五八年，我出席在塔斯肯召開的亞非作家會議時，曾經在《真理報》寫過一篇短文章，表示既然歐洲有文藝復興期，那麼擁有古文化的亞洲，也應該開始創造新的文藝復興期。

世界的文化可以歸納為一體，並無必要明確區別成東方與西方。但是，經歷過文藝復興期的歐洲，儼然成為世界文化中心，卻是真實的。在古代，東方創造了極絢爛的文化。但到了現代，東方落後了，只有日本通過明治維新，邁向先進國。

擁有廣闊面積的亞洲，同時又擁有悠久文化傳統的亞洲，為什麼不能參與世界文化全體的發展？馬克思主義與列寧主義都是在西方產生，毛澤東思想雖然在東方產生，卻是採用了馬列主義在東方運用的。因此，中國人自不用說，亞洲人也是應該擁有一同創造新文化的勇氣與氣魄的。光是經濟大國的日本同社會主義的中國，是不行的。我們東洋人（泛稱）手攜手，為着創造出絢爛的東洋文化，正想同各位共同努力。

我這個想法大概會被認為是大東方主義，但我認為應該設法朝那個方向努力。

井上：「亞洲一體」這句話曾在日本盛行一個時期。以民族而言，歐洲的民族大都相當接近。亞洲方面，就算是同一國家的民族，也劃分得非常細微，而所擁有的歷史也各自相異。基於這點，文化與文學便落後於歐洲。我們日本的文學家，跟中國固不必說了，即使同其他亞洲諸國，也想增長文化交流與加深了解。這樣之後，才會有偉大的亞洲文學與文化出現。

後記：五十年後，重看譯文，不覺過時。冀望諸君讀到時，多留心體會。

西城附識　二〇二五年三月初旬有所體會

原刊《明報月刊》，一九七九年九月號

安部公房的《閻王的圈套》（譯述）

在某一個倉庫的二樓裏，住着一對叫做愛爾法斯與奧依莉迪基的老鼠夫婦。愛爾法斯在老鼠的世界裏，是作為曠世詩人而被廣泛周知的。像被琢磨得十分好看的寶石那樣尖銳，他那清澈的喊聲，聽說不但穿裂黑暗、招來光明，還令到老鼠們心情愉快、漂亮地閃耀，令到舞起爪來的那貓兒的可怕肌肉麻痺，能減輕殺鼠劑的毒素，拉長捉鼠機的發條；也會使到裝小麥的袋子，自己發散出濃濃的香味，讓人知道下落，裝油的罐子、鎮石擱在一邊，打開蓋子與雞蛋自己骨碌骨碌轉動來探訪老鼠的巢穴；同時為了要令老鼠們的交通便利，不僅能在木板與土牆，甚至還能在混凝土與石牆上面的頭胸正中央開上窟洞，等待老鼠們的經過。

這種評價，試想起來，正是被認為意味着愛爾法斯不單只是個詩人，而且還是一個洞察現實所有角落的科學家與哲學家吧！

再舉例說，這樣的傳說也正流傳着。是大飢荒的一年，是把目標指向竹樹結果實的南方，進行大移動的時候，老鼠們最恐懼一件事，便是一定要經過薛列尼這頭山貓住着的沼澤旁邊，傳說薛列尼會唱出不可思議的歌曲把老鼠引進沼澤裏去。到了要走近沼澤時，突然間，在老鼠們的中間，產生了激烈的動搖。

「薛列尼唱歌了！」

痛苦似的私語像波浪般地擴展開來，一邊扭動着身體，一邊當場蹲下來，動也不能動的老鼠，喪失了理智，一邊啜泣，一邊東歪西倒想走向沼澤那邊去的老鼠都出現了。愛爾法斯吃驚地豎耳細聽。但是在他的耳中卻是任何的歌曲都聽不到。實際上，薛列尼哪裏有唱歌！愛爾法斯很快便理解到這是沉默的歌曲。而且也知道再也沒有像沉默的歌曲那樣可怕的東西了。愛爾法斯站在老鼠們的前頭，開始唱起歌來。經過悠長的鬥爭後，他的歌終於戰勝了薛列尼，老鼠們好容易才平安無事地走到了目的地。

自然而然地，愛爾法斯便是老鼠們的教師與指導者。老鼠們都哀求他做皇帝，他卻拒絕了，只是勸諭組織共和政制。於是，他就被選為共和國的首任總統。開頭時講到的倉庫就被採用為總統官邸，這以後就成為了他的住宅。不僅是住宅，這倉庫也是老鼠社會的議事堂、裁判所、學校與公民館。愛爾法斯在這裏處理政治上的事務，做有關爭地盤、分芝士的裁判，召集學生、教授作詩討論到殺鼠劑的解毒方法，甚或還會開大型音樂會。

正因這樣，老鼠們的進出便多起來，貓兒們就不斷在倉庫的周圍打轉徘徊，「咯吱咯吱」抓着，舐着牆壁。但是愛爾法斯的智慧與老鼠們的共同力量，把倉庫做成屢攻不下的要塞。

是某一日的事情。忽然有一個人類來了，把倉庫的門打開。老鼠們由於做夢都想不到會有這樣的事發生，便十分的狼狽。雖然事實只不過是春天來了，身為這倉庫主人的農夫走來收拾一下耕作機而已，但是人類的一日在老鼠而言，是相等於一個月以上；因此，被認為是幾十年來的幾乎不可能的事件，一下發生了。

老鼠們狼狽着，而正同所擔心着的一樣，男人把大門半開着回去了。倉庫終於變成不再是屢攻不下。

衰老的貓兒波盧多（註：波盧多是音譯，意即閻王）的到來，正是那晚上的事。

雖然已經很蒼老，卻是以殘忍而聞名的閻羅王。這個名字對老鼠們而言，是有着「死之王」的意義的。

老鼠們同心合力的商議，交換意見。講起「誰去掛鈴子」這個有名的伊索寓言也就是這時候。愛爾法斯懇切地表示出波盧多是如何如何的冷酷、如何如何的殘忍，極力主張不要作出任何的妥協，然而已嚇得破膽的老鼠們，卻一點也不想要理解一下他的心情。假使老鼠們全體都有這樣的心情，就算波盧多怎樣有着令人可怕的爪，也一定可以打敗他們。但是老鼠們只是一味害怕，完全顯不出戰鬥的氣力，而就像傻子一樣地一直不停的重複着「誰去掛鈴子」這句話。

「難道除了大禍臨頭之外，才能等到你們堅強起來嗎？」

愛爾法斯看來很悲哀地說，環視着大家的面孔。可是因為沒有誰回答，便斷念地繼續說下去：「當然，並不是沒有交涉的餘地，假如這是你們全部的意見，就試做做看吧！」

愛爾法斯隔着牆壁，用十分清澈美麗的聲音喊着：「波盧多君，談談吧……」

「什麼？」波盧多那粗啞的聲音是出乎意料之外的近，老鼠們是抖顫得連神志也昏迷起來。

愛爾法斯說着：「假如你能在出入這個倉庫的時候，能夠答應保證我們生命安全，我們便應承每日送給你一磅肉與半磅油，四條鯡魚。」

「是嗎？」波盧多說：「你真懂講話。那麼就把鯡魚算到六條，怎麼樣？」

「如果作為遵守這個諾言的證據，你肯讓我們在你領子上掛上一隻鈴子的話，就這麼辦好了。」愛爾法斯回答着。

卻說，愛爾法斯拿着鈴子想走下去時，清醒過來的老鼠們一起開始騷鬧起來。他們說萬一有事可怎麼辦。可是，一到了那麼誰去好呢，畢竟都躊躇着，報上名來的是一個也沒有。

那時候，「我去吧！」

說這句話的便是奧依莉迪基。奧依莉迪基從丈夫手上接過鈴子，在可怕的死寂中，靜靜地走了下去。「欽鈴欽鈴」的鈴聲逐漸的遠去，不久便停止了。老鼠們屏息着等待着。

但是許久許久，她都沒有回來。

「去看看吧！」說這句話的愛爾法斯的聲音不安地顫抖着。不過，愛爾法斯還是大膽地走近波盧多。

「請把妻子還給我！」

「呀！一定還給你。」波盧多一邊不斷地舐着嘴，一邊說。

「在什麼地方？」

「在她所在的地方。我知道的。」

「快些還給我。」

「還呀！但是，要你遵守一個條件，那便是我讓她跟在你後面走，半途絕不可以回過頭來看一看，一回過頭來看，太太不用說，就是你的性命也難保。」

「為了什麼緣故，一定要有這樣的規則？」

「怎麼，不好嗎？在你，重要的是結果，不是理由吧！」

愛爾法斯默默地背着波盧多。波盧多說：「哎呀！漂亮的奧依莉迪基小姐，請跟在丈夫的後面去吧。」

愛爾法斯一邊慢慢地走上所有老鼠等待着的二樓，一邊卻擔心着奧依莉迪基是否真的跟着來。一點也沒有氣味。突然，停了步，輕聲試喊，奧依莉迪基。可是沒有回答。被騙了！一發覺那樣，不由自主地回頭去看時，跟波盧多銳利的爪與牙齒把他全身撕裂，差不多就在同時。

「我可沒有不好呀！破壞規則的愛爾法斯才不好呢。」波盧多用他那閃閃發光，冷竣的眼睛仰望着二樓，徹徹底底的打了個大呵欠，把長長的尾巴豎得直直，走到外面喝水去了。

（本文刊於一九五二年六月《現在》雜誌）

七八年一月十五日午譯畢

後記

我相信在日本所有的作家中，若論作風的奇特，大概再也沒有人比得上安部公房了。

鍾肇政在〈安部公房與砂丘之女〉一文中（刊於《純文學》第一卷第二期，一九六七年五月）說：

論安部公房的文風，一言以蔽之大概可歸超現實主義……並且卡夫卡的影響也頗為顯著……其手法是嶄新的，並且也創造了一種獨特的文體……在安部的作品中，他的文體賦有了喚起不可思議的幻像的力量，而在他的觀念性潛藏不見時，他的成就也就達到高峰……日本的文學作品，一般而言，文體多是陰濕而抒情的，可是安部的卻是堅硬與乾燥的。

在文章的結尾中，又說：

安部公房對文體偏執地嚴格而且徹底，最明顯地呈露出來的是他從不固守一種文體，不時地，在每一篇作品裏都在努力創造一種力學的，切合描寫對象的實體的文體。

也正是這種緣故，安部公房的作品不但在風格上不能統一，作品間的水準亦不能保持一定的平衡。大凡看過安部公房原著小說的人，都會興起一個想法，那便是「不獨難讀，而且也不易理解」，這正是超現實作品在日本逐漸不受歡迎的主要原因。安部公房近年的作品，風格愈來愈奇特，像《箱男》與最新近作《密會》，取材之深奧，實已超越了讀者的想像能力。不過儘管超現實主義的作品，在日本已受到新傳統主義的壓逼而漸告失勢，安部公房卻仍在孜孜不倦地向着這條文學的道路邁進，這或許，便正是安部公房與其他作家所不同的地方吧！

〈閻王的陷阱〉是安部公房的一篇舊作，寫於一九五二年，距今已有二十六年的歷史，文學評論家唐奴·金評價這篇小說時說：

〈閻王的陷阱〉是一篇完整的寓言，是寫一對老鼠夫婦給老貓依次吃掉的故事，自然，這類作品的目的，並非只求令讀者一笑，是有諷刺某些社會現象意義的。即使說現在的安部公房的思想，跟五一、五二年的思想已有了多少改變，既是流淌着文學性的作品，絕無礙於我們的鑑賞。

在安部公房所有的作品中，〈閻王的陷阱〉自然不會是最優秀的一篇，但是正如唐奴·金所說，這是一篇完整的寓言，可供我們細細的鑑賞。

七八年一月十六日晨記

原刊《明報月刊》，一九七八年三月號

安部公房《壁》一九五一年初版

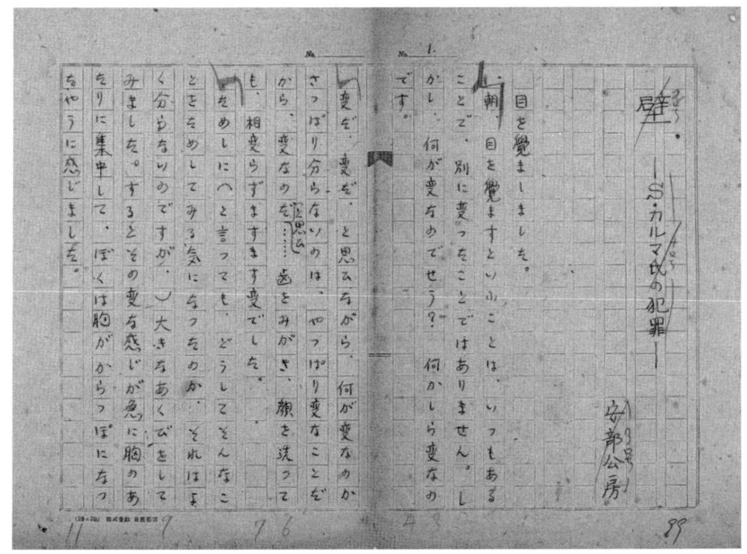

壁
—S・カルマ氏の犯罪—
安部公房

目を覚ましました。

朝、目を覚ますということは、いつもあることで、別に変ったことではありません。しかし、何が変なのでせう?何かしら変なのです。

変だ、変だ、と思いながら、何が変なのかさっぱり分らないのは、やっぱり変なことだから、変なのを我慢……歯をみがき、顔を洗っても、相変らずますます変でした。

ためしに「へ」と言っても、どうしてそんなことをためしてみる気になったのか、それはよく分らないのですが、)大きなあくびをしてみました。するとその変な感じが急に胸のあたりに集中して、ぼくは胸がからっぽになったやうに感じました。

安部公房手稿

福永武彥隨筆兩則（譯）

土鈴

這是以前去京都時候的事了。

某晚，跟妻子在河原町散步，信步走進一間舊家具店裏。兩個人正在瞪着眼睛四下看看有什麼好東西的當兒，妻子忽然大聲地喊起來，哎喲！這裏有土鈴呀！一看，在架子的角落裏，滿是塵埃的箱子中，正裝滿許多的土鈴。我們很快便從年輕的店員手上看到了這些土鈴。

雖說真好像很有研究似的，事實上，我家裏不過只藏有一個從人家那裏得到的，叫做英彥山嗶唧棒的福岡縣鄉土玩具而已。（但是，這個名字一直都不知道。）

音色十分清徹。由於老早便對土鈴這種東西有所留意，因此，不論我與妻子，在旅途上看到有這樣多的土鈴，都不覺吃了一驚。聽說是蒐集的人所賣掉的，大約總共有四十個。店員說，要是三四個，可以奉贈，但是，可惜的是，我們卻沒辦法估計哪幾個是珍貴的。每一個土鈴的音色，我們都喜歡，於是妻子便問，全部在內要多少錢。因為是首先發現的，當然自己想要買。我一個人獨笑着，看着她跟店員在議價。

多少錢，隨便給好了，這是答覆。好像是商議好了，便快手快腳的把土鈴一個一個的用紙包起來。放心不下的妻子還在問價錢，店員便往店堂裏面拿來一個牛皮茶色紙信封，放在我們的面前。

請隨便放多少去好了，這樣說了後便馬上一個勁兒的繼續包紮了。妻子跟我不僅面面相覷，這是京都式的賣買方法嗎？

因為是用我的零用錢來買的，不能出得太多呀！妻子終於斷然地這樣表示。把若干錢幣放進去後，我們便抱着大包裹，一邊道謝，一邊離開了店鋪。各位，你們以為她到底放了多少錢進去呢？

（昭和三十二年五月）

我與外國國語

語學在我來說，是一種趣味。但是，這不是現在的事了。現在趣味已變，以最好是不必要太着力的為佳。不過，從學生時代開始，奇妙地便有着沉迷於語學的興趣，長者可維持兩年，短則約半年左右，大概總是到有了眉目，便生厭倦。

最初學習俄語。我是非常熱心去嘗試的，一直讀到《罪與罰》中馬盧米拉阮夫喝醉說醉話為止。到此，便逐漸艱深，我是運用日本話來說醉語，也不太在行，俄語聽不明白，那是十分合乎邏輯的事了，於是便死了心。之後，又學德語，不知怎的，總提不起狂熱。之後是挪威語，這是因為偶然有前輩要我翻譯以挪威作舞台的法國小說，逼於無奈才開始學習的。「安地路柵」原來便是「亞歷路柵」、「基朗鐸」是「希朗」（譯注：全是挪威語與法語），很容易把人搞到如墮五里霧中。這之後，是希臘語，這也不外學到「亞那巴薛斯」與路基亞諾斯一類而已，雖然有大志於讀《希臘詞華集》，卻只攀到山麓為止。

離開大學，在日意協會這地方做事的關係，不得不去學意大利語。我拼命讀法譯本，好容易唸到但丁的《神曲》中的「煉獄」，總鑽不進「天國」之門。嗣後，對以往有興趣學過的語學都淡忘了，只一味記得用俄語一類寫成的作品名稱而已。

結局是一事無成，但作為趣味來說，卻是高尚的，並沒有損失。去年，忽生一念，決心今趟要嘗試去讀古代埃及語。然而由於買來的文法書太厚的緣故，不知不覺便變成了我午睡的枕頭。

看來，學習日本語，該是最兼具趣味與實益的。

（昭和三十七年六月）

後記

福永武彥生於一九一八年，是現代最有名的散文家兼小說家。他的散文以清竣冷徹見稱於時，故為川端康成所賞識。川端生前嘗對人言——「有了福永君的散文在前，我重讀自己的作品，不禁有點兒要臉紅了。」雖是褒讚之語，亦可見福永武彥散文的藝術價值。

本文所譯兩則散文，選自福永所著《遠方的迴聲》（新潮社版，昭和四十七年出版），乃福永五十年代末至六十年代初的舊作。我於一九七三年在日本首次讀到這本書，當時便想把它翻譯下來，可惜一直沒有適當的地方能予以發表。現在《當代文藝》的編輯先生，以為日本小品一類的作品，也可以有介紹於讀者的價值，我那積壓了四年的心願。也就有幸地能夠達成了。

七七年十二月二十日夜記

原刊《當代文藝》第一四六期，一九七八年一月

福永武彦《遠方的回聲》日文原版

福永武彦手跡

吉行淳之介的《同情心》

（譯述）

（一）

現在，這種地方還有沒有呢？應該是沒有了，因此那是很久以前的故事。跟友儕二人一塊兒坐在榻榻米房間中，一邊兒喝酒，一邊兒等着藝伎的來臨。

說是藝妓，其實是立即可以寬衣解帶的所謂侍寢藝伎哩！

雖然已經叫了這樣的三個藝伎，因為沒有相熟的女人，到底會是怎個模樣的女人來呢，實在難以猜測。

「趁着她們還沒有來，我們來划拳吧！」其中一人說。

我們作這樣的計劃，就是划拳贏了的人，有首先選擇自己所喜歡的藝伎底權利。

在她們出現了之後，面對女人跟朋友的面孔，去選定不同的對手，是很難為情的。況且在她們面前划拳，那就更加不適宜了。

「倒不算是壞主意！」我說：「兩個女人一道到房間來，在那時候，划第一的如果能夠揀到對手的話，那還可以；不過，在一個進來，另外一個還沒進來的當兒，大家對這個女人就不知如何取捨，那個女人也就變成不知道坐在哪兒好了。好不容易三個人都到齊了，可是三個女人有長有短，樣貌半斤八両，划拳贏了的傢伙在使用自己的權利時，就會茫然不知所措。茫然不知所措，那就是失禮。」

「為什麼會失禮呢？」另外一個朋友問。

「一邊揀，一邊茫然，不是確確實實有把她們當作貨品的意味嗎？」

「一旦想用錢來買，便是當貨物來處理，事到如今已是五十步笑一百步了。」

「但是，在這種情形下，五十步與一百步間的差別就很大呀，我想到的是同情心這回事。」

「同情心，嘿！」朋友發出了似乎是懷疑的聲音，我自己也感覺到這話裏的曖昧性。

「嘩，總之，我們要有同情心。我想提議的是……」

我的提議就是把最早進來榻榻米房間的女人，和第二個，第三個進來的女人，都預先作了抉擇；那樣，女人們現身的瞬間，就可不用躊躇各自叫過來自己的身邊了。

「好主意。」朋友說：「為了要決定次序，我們來划拳吧！」

「用不着划拳的，照年分來選，就可以啦。」

「那麼，我就得要第一個女人咯！」

其中一個朋友說着，顯現了凝神傾聽廊下動靜的神情。不久，踏在廊下的腳步聲在紙拉窗門外邊停住了。

「你們好。」女人的聲音響起來。女人的嗓子不錯，卻是極混濁嘶啞的聲音。榻榻米房間中的三個男人，不禁面面相覷。年紀最長的男人，雖然把閉口不語的表情弄成滑稽，可看得出是十分慌亂不安。另一個朋友與我，抑着笑，一邊兒偷看他的那副模樣。

紙拉窗門打開了，一個約莫六十多歲的老藝伎進來。

「你，你幹什麼來的？」朋友躊躇地問。

「啊！沒什麼，來跟你們請安呵！」她爽快地回答，展示了手裏拿着的三味線：

「唱唱歌，湊湊興呀！」

「哦！原來是學有專長的師傅。」最年長的朋友發出了安心的聲音。

老藝妓「呀！嗳嗳」的唱着當兒，一個又一個的女人走進了榻榻米房間。

女人們出現的那瞬間，挨到自己份兒的男人便：「哎呀！等一等啊！來這兒吧！」的說着，把她們指到自己的身邊來。

不久，各自跟不同的女人一塊兒走進另一間房間去。

「那麼就此解散！等一會兒，大家自己隨便回去好了！」

事情就這樣辦。

（二）

「啊！我有話要跟你說。」小房間裏面只有我們兩人時，我那年輕的藝伎對手便說。站在房間的角落，手指尖按在腰帶扣上，脚底下，墊着墊子。

「剛才我走進榻榻米房間，你不是立即叫我坐到你身邊的嗎！」

「那是一見鍾情呀！」

「但是，起初榻榻米房間裏，不是有紛爭的嗎！」

「老實講……」我就說出了解決紛爭的計策。

「我明白哪！」女人說：「你倒很有同情心呀！」

「同情心，嘿！」

從女人口中聽到這句話，我覺得羞恥。剛才，自己說出這句話時，心情曖昧，那是怎麼回事呢？

「有同情心」這回事，乃是有安撫對手神經的關心，而又被看做一種美德。在被看做美德的這一點中，有着曖昧的事情，是極難為情的。安撫對手的神經這回事，也可說是看到對手受到創傷，也會表現出極力安定自己的心情。結果，就會安撫自己本身的神經。

為了自己利益着想的舉動，竟被讚美得那樣，難以平伏底羞恥感也是有的。

「請溫柔一點呀！」女人繼續說：「你的運道真壞。」

「為什麼？」

「我呀！現在不大舒服哪。」

「不舒服？不能談談嗎？」

「也不能這樣說，只是皮膚變得粗糙不堪。」

「那是說，皮膚變態反應啰！」

「是呀！你倒知道得很清楚呀。」

「說句真話，我也有這病。」

「噢！真？」女人看來很高興的樣子。

「是吃東西引起的嗎？」

「吃的東西也會引起的，不過……」

「筍不能吃吧！」

「嗯！」

「茄子雖說也不大好，不過卻是因人而異的。」

「是呀！」

「連酒也不能喝的人也是有的，我就不在乎。」

「我絕不能喝，因此不喝啦！但是，無論怎麼說，操勞最要不得。」

「那麼，跟男人在一起就不大好了。」

「是呀！太過度，就不大好啦！」

「現在，過不過度呢？」

「可以說是過度，不過不會作罷吧！」

「但是，我是有同情心的。」

「那麼，你肯作罷？」

「你是要說服我……」

「噢，不是說服呀！」

不發一聲，把女人推倒在坐墊上。

女人的身體，胸脯很平，皮膚乾燥，肌膚變成了鯊魚皮，不過三味線彈得蠻好。

「真不好意思。很枯燥吧！」女人問。

「我不會放在心裏面的。」整理好衣服，我說：「噢，保重呀！千萬不要太過操勞，還有，小偷大都是留意着門戶有沒有關妥的人。」

一直送我到前門的女人在我背後說：「不要吃三文魚呀！」

站定腳，回過頭

「什麼？三文魚？」

「不要吃三文魚呀！對我們這種身體來說，是有毒的，小心啊！」

「不能吃三文魚，我就不知道了。明白啦，我會留意的。」

說着，我就離開了那家藝伎館。

（三）

過了半個月，我一個人到那間藝伎館去。

因為惦念着朋友的那個女人的胴體，就想到要召那個女人。但是，坐在榻榻米房間時，不想卻逐漸懷念起說過不要吃三文魚的女人來。為了要召那個女人，就吩咐了侍女。

「噢……」女人站在房間門口，用一副不可思議的表情望着我。

「幹嘛？」

「因為，再度來召我的客人，到現在為止還不曾有過。」

「說得太客氣啦！」

「我，是說的老實話呀！」

女人更加瘦了，瘦得連肩膊上的尖骨從和服的上面就可以看得到。

來到喝着酒的我底旁邊時：「我也想喝一杯喲！」

「不是說不能喝的嗎？酒跟三文魚，都不好……」

「不要緊呀！」

「現在，你復原了嗎？」

「沒事啦！早幾天，才旅行回來呢！不過，當日就回來了。坐了約莫三個鐘頭的汽車，跟男孩子一塊兒去的啊！」

「不用告訴我。」

「別這樣嘛，噲，請聽着，我呀，有一間雙親留下來給我的房子。」

「倒真奢侈呀！」

「是一間座落在鄉村僻處，小得不得了的房子。知道這樁事，雖然是在五年前，到了最近才想到要去看看。」女人繼續地說——

因為一個人有點怕，就跟一個親密的年輕男人一塊兒去。坐了約莫三個鐘頭汽車，在鄉村車站下車，走了一段十分長遠積滿厚厚塵埃的馬路。

隨住畫在遺書裏面的地圖走；不久，就看到背着竹林子的陳舊小房子。就是這間房子了。四周是樹林與原野，沒有任何其他的房子。

打開了大門的鎖，走進去。是只有兩間房間的房子。壁龕上掛着發黃的畫軸。是平凡的山水畫，但是那畫軸斜斜地掛着，令人十分不快。

想把它掛好過來，才伸手去摸，「啪撻」，發出了極響的聲音，畫軸掉了下來，因而剝落的壁面，有個黑黑的洞口露了出來。

是圓圓的，人工挖成的洞口。伸手進去摸，手碰到了一個小箱。

「箱子裏面，有畫卷跟金戒指。戒指剛合我的手指頭，就帶了回來喲。」她說。

「畫卷，怎麼啦？」我急急地問。

「想是古老東西吧，沒什麼趣味，就塞回原來的洞口裏了。」

「唉！唉！這樣的畫卷，會是畫着埋藏百寶箱，或者是寶物的東西呢！」

「可能是吧！」

「沒有試着打開來看嗎？」

「是很髒的畫卷呀！」

「髒的地方，有時反而會有價值的。」

發覺變得熱心起來的自己，我覺得可笑。因為我已開始懷疑這大概是虛構的話……但是，一直到結尾為止，我還是熱心地聽着。

「以後，又怎麼樣呢？」

「之後嘛，好奇怪呵！奇異的事發生了。我戴上戒指，然後打開木板窗，光射了進來，照着我的面孔。那時，站在房間正中的那個男孩子……」

說着「男孩子」時，她變得像現代年輕的女人，即使穿了便褲，玩保齡球，看來也是適稱的。

「那男孩子望着我這邊，突然眼睛睜得老大，呀！叫了起來。然後像前撲似的，倒了下來。」

「那是為什麼呢？」

「噢！是怎麼一回事呀。」女人浮起了淺笑說：

「是看到了些使人吃驚的東西呀！」

「看到了什麼？」

「噢，見到了什麼來呢？」

「之後，又怎樣？」

「我關上了木板窗，從外面鎖上了前門，獨個兒回家。」

「那麼就把倒在地上的男人關在房子裏面嗎？」

「是呀！」

「是呀！這樣說……」

「但是，木板窗從屋裏面是可以開的，還有，米米也在裏面呢。」

「什麼？有什麼在什麼地方？」

「米米在房子裏面呵。老早就住在那兒的。」

「米米？是貓的名字嗎？」

「不是貓呀，是耳朵呀（譯註：日語「耳朵」讀作「米米」）！鼻，口，耳朵的耳。」

「耳朵？那是什麼？」

我感到自己被女人的故事所迷惑。

「耳朵呢，是百歲老婆婆。」

「……」

「那個男孩子，看到了那耳朵，被嚇壞了。」

「但是，那個男人，是看着你那邊，然後，才『呀』的叫着倒了下去的吧！」

「所以，我就是那耳朵呢。」

「喂喂，不要嚇唬我呀。」

雖然擺出被故事中的趣味吸引着的樣子，我卻想着其他的事。

女人對着再度回來召自己的客人，想用假話來討他歡喜。那是因為對胴體沒有自信心的緣故；而那假話，逐漸加添枝葉，終於發展到她自己是百歲的老婆婆為止。

我想這正是她對自己胴體失去信心底無意識的表現。

「如果你是耳朵，就不能抱了，因為你是百歲老婆婆呀！」

我不說這樣的話，乃是我對她有同情心。不，就只這樣，同情心是不足夠的吧！我想也許還是積極地帶她走進另一間房間裏，把她來擁抱吧！

但是，我不願意這樣做。

我，決定用別種方法向她表示同情，說：「我想看看這畫卷的裏面。」

「那麼，下趟一塊兒去吧！」

「好呀！」

「哎喲！真的打算去嗎？」

「有呀！真是想去呀！」

女人低着頭，想了一會兒說：「好呀！去吧！」

（四）

地方與時間都約定了。

「但是……」我在考慮着。我還是毀了約吧！我為了要表示相信她的房子是存在着的，才定下了這個約會的。

就讓她那窄小的房子，依照原來的樣子，悄悄地存在着吧！就讓要坐三個鐘頭汽車，花費許多時間走塵埃滿佈的馬路才能到達底在竹林前面的那間房子，真如存在那樣地立着吧！

不過，即使按照約好的會面時刻前去見面，也不是沒有解決辦法的。

「去得太遠，真麻煩。」那時，我會這樣說。

就在街上東走走西走走。買許多東西餽贈，吃許多頓飯……這真是太造作了，還是不要這樣吧！我想。那麼，這又怎麼辦呢！

「去看你的房子，還是留待下一趟吧。再去遠一點的地方吧。」

女人與男人，要去殉死，可能就是這樣開始的吧。當然，我沒有跟女人去殉死的打算。因此，那天，我沒到約定的地方去，就在家中睡着。

譯後記

吉行淳之介，大正十三年（一九二四）生於岡山市，三歲時移居東京。麻布中學畢業後，轉入舊制靜岡高校。昭和十八年（一九四三）九月，被召入岡山連隊，因支氣管炎，只在營中耽留了四日即歸鄉。昭和二十年（一九四五）入東京大學英文系。大學時代，參加了《新思潮》、《世代》等同人雜誌，同時學習創作小說。不久，退學，加入《現代日本》雜誌為記者。二十九年（一九五四），他的作品《驟雨》得到了第三十一回芥川龍之介獎。四十五年（一九七〇），又以《暗室》得第六回谷崎潤一郎獎。主要作品有《原色之街》、《砂上的植物群》、《星與月是天之穴》等。

認識吉行淳之介的名字，大概是在三年前。那時，以留日學生的身份定居在東京世田谷區的明大前，日中閒着無事，常到附近車站的板井書店看書消遣。看書多，胸襟也就寬起來，再不以局限於寥寥幾個出名的作家如川端康成、橫光利一、谷崎潤一郎的作品天地裏而滿足。

某日，偶爾跟朋友在家居近處的小酒吧喝酒，閒談中扯到日本作家的生活，友人忽然提起吉行淳之介的名字來。對於這個名字，老實講，以前也是聽過的，不過，作品迄今仍是「緣慳一面」，經了友人的推薦，到第二天，我便在板井書店蒐集得他的一本短篇小說集《娼婦的房間》，帶回家中細讀。這一讀，不意竟讀出了味道來，十三篇小說，花了兩個晚上讀完，猶不能禁止再讀之心。於是又四處去搜集他的小說，希望從中能得一點愉悅，或是一點的欣慰。不多久，又覓得兩本，一曰《鳥獸蟲魚》，一曰《原色之街》。讀後，都予我以無限的滿足，對吉行淳之介不免就興起多少的敬佩心。

但是，我從不敢動過翻譯吉行淳之介作品的念頭，理由是譯事工作第一需要時間多；第二需要好環境，不幸兩者我皆欠缺，又豈能進行乎！

七四年初，困於經濟，不能不回來香港這個舊天地弄碗飯吃，那就更加談不上翻譯這回事了。到今年，生活過得還不太好，一天的時間，多花在無謂的「奔波」中，蠅頭薄利，不足以言溫飽。晚上休息的片刻，逼得也要抽出來譯寫一些文章，豐裕自己的經濟。這篇翻譯的小說，即在此景此情下弄出來的，它的不好，乃意料中事耳。

本來說是吉行氏的傑作，以鄙人的眼光猜測，〈同情心〉大抵還夠不上，只是字數少，即使弄得頭昏腦漲，費時絕不會多，且可便利篇幅，容易教人讀下去。話雖如此說，譯〈同情心〉一文時，所遇波折亦復不少，雙關語多而繁，其一也；對白精簡，難以中文達之，其二也。單此兩難題，費時就遠要比想像的多，況且寫的又是有關藝伎的事。藝伎說起話來的腔調嗲而嬌，這在日本文法中往往可以獨特感嘆詞來表現，換上中文，就要憑當時的環境，說話者的心情來加以揣測捉摸，不能任意按上什麼「呀」的，或「喲」的。此文雖已成篇，自問這兩大難題仍未獲圓滿解決，故而此文只可稱為初稿，離善稿階段尚有一段長路要走也。

一九七五年六月杪日於香港迎海樓

原刊《大任》第十九期，一九七六年一月十五日

● 吉行淳之介

● 吉行淳之介手跡

ご親切に批評頂きました。前回はホメられて苦情も言いましたが、今回の分には不満がありません。黒井さんの作品をあのような具合に捉えることにも全く同意見です。沢田さんによろしくご伝声下さい。なお、これから一、二年は、まったく違った、以前のものにつながる作品を書くつもりです。

世田谷区上野毛三ノ二十二ノ五

吉行淳之介

中村真一郎先生印象記

我是在上（三）月十五日星期三跟中村真一郎先生晤面的，可他的名子，早在我留學東京時，便常在報章雜誌上見到。

大概是七三年的春天吧，《朝日新聞》晚報的文化版上，刊登了中村先生《在日本古典裏看到的性與愛》的連載文章，看了幾日，就被其有關對倉梯山的描述所吸引住。當時我正在努力參看《古事記》日文原著與豈明先生所譯的譯本，兩書對照來讀，遇有文法上的問題，便向豈明先生乞援。中村先生的文章，對我研究《古事記》有着極深的啟發，因此可以說，他是我研讀日本古典文學的私淑老師。

七四年，在日本讀了一年半日文的我，為了私人問題，半途棄學歸港。從那一年到翌午，我沒法找到事做，終日吊兒浪蕩，純賴翻譯以維生計，中村真一郎先生寫在《王朝文學論》裏頭有關小說源流的兩篇小文章，就是在這樣的情形之下給翻譯出來的。

七六年夏，日本青年作家小泉允雄來港，我們相約在如今已拆卸了的「告羅士打酒家」茶聚，席間，討論到日本小說前途的問題。小泉告我，日本的文壇自川端康成死後，已開始有凋落的現象，我答以日本文壇雖呈此象，尚幸還有具卓見的文學評論家，在盡他們所有的努力去挽救厄運，故困難實不足懼。小泉問我是哪幾位評論家，我即報上中村真一郎與秋山駿兩位先生的名字。小泉一聽，面露喜色說：「中村先生正是我的老師。」接着還很興奮地表示，如果他日我到日本去，一定負起介紹之責。

這趟就是在小泉實現他的諾言下，我才能有幸見到中村先生的。

三月十四日午間，我偕小泉與小島末夫君在虎之門的「頤和園」吃飯，吃至半途，小泉告訴我中村先生最近在東京，問我要不要見他，他可以代為安排，我當下大喜過望，連忙央小泉代為聯絡。

翌晨還不到九點鐘，床頭的電話響了起來，拿起一聽，小泉急促的聲音便傳了過來：「是沈樣嗎？我是小泉。我昨天跟老師聯絡上了，他也願意跟你見面，今晚七點鐘，我們在新宿車站大廈吃飯，你六點鐘來我辦事處吧！」

這一日，由早到晚，連趕三個約會，東京不同於香港，每往返一區，既花時又麻煩，直把我累個半死。六點欠三分趕到小泉的辦事處的大廈大堂，他已在相候了。那一晚，同行的還有劉天賜兄。天賜兄雖然忙於電視工作，對日本事物的興趣一向十分濃厚。

一行三人，從虎門乘車直往新宿，抵達車站，正巧是六時三十分。距約定時間尚有半小時的餘裕，天賜兄提議逛書局，看看有沒有什麼中村先生的大作，順便買一兩本，以便待會取個親筆簽名。

我在書肆中買了中村先生的《這百年來的小說》，還想再找一兩本時，小泉已在催促了。

新宿車站大廈有一層是專門做吃食生意的，我們才進到走廊，小泉便向一個坐在長椅上候人的老者打起招呼來。

這老者頭髮已花白，說話的聲音也有點走風，站起來，身形高大，比我足足要高出了一個頭。

「老師久等了，真對不起。」小泉這樣說：「我們進去吧！老師大概也餓了吧？」

這位白髮蒼蒼的老者，就是我心儀已久的中村真一郎先生。

「我們吃日本菜吧！」中村先生率先進入一家叫做「瀨里奈」的日本菜館。我們跟在後頭，一直到他在角落裏挑好了枱子，才收住腳步，安坐下來。

枱子是窄長方形的，中村先生跟小泉背窗而坐，我跟天賜兄則坐在他們的對面。小泉吩咐好媽媽生下酒的東西。四個人便喝起酒來。

坐在我對面的中村先生，顯然已有老態，他告訴我這幾年來身體一直不大好，常常要看醫生吃藥。我問他是什麼病，他笑說是會讓人在不覺間便獲解決的心臟病。

我一聽，立刻阻止他喝酒。

他舉起酒杯，幽默地一笑：「不打緊，喝這麼一點，還拿不掉我的老命吧！」

說完，打開公事包，把一本書拿了出來說：「小泉君告訴我你喜歡我這本《在日本古典裏看到的性與愛》，我現在便帶來送給你。」

他揭開書皮，在扉頁上用鋼筆寫上——

送給沈西城先生日本的古香

中村真一郎

一九七八年三月十五日在東京

中村先生的字雖然用鋼筆寫成，字體秀勁飄逸，看來毛筆字一定寫得不錯。我們一邊吃飯，一邊聊天，現在我把存留在印象中的記憶，重新整理出來，以問答方式，略略紀錄如下：

沈：「我讀過老師《在日本古典裏看到的性與愛》這本書，很感欣佩，現在有幾個屬於古典文學的範圍，想向你請教一下。」

中村：「只要我知道的，一定回答。」

沈：「以老師來說，寫這本書時，是否感到吃力？」

中村：「沒有，我沒有這樣的感覺，因為一直以來，我都喜歡古典的東西。所以不感到吃力，相反，還覺得十分輕鬆呢！」

沈：「你在《王朝文學論》一書裏，提到王朝文學是日本小說的真正傳統。照我所知，王朝文學是一種感情的傳統，你認為對嗎？」

中村：「所謂感情傳統，可以說是一種抒情精神，這是日本文學傳統的中心，沒有這樣的根，寫出來的東西便無法表達出日本人民的感情。」

沈：「這樣說，是否每一個日本作家都是循着這條路走的呢！」

中村：「並不一定，這就等於有人喜歡筆直往前走，不畏路難，有人卻喜歡走捷徑。不過，大多數的日本作家對古典文學是下過功夫的，像川端康成、谷崎潤一郎，他們對《源氏物語》，俳句一類的古典文學，都有很深刻的研究。」

沈：「這情形跟我們中國一樣，以魯迅、周作人來說，他們雖提倡新文學運動，對六朝文章，卻有很獨到的見解呢！」

中村：「現在的年輕作家，都不大作興看古典小說了，他們要走捷徑，所以小說不耐讀。」（註：這是近代日本文學的悲哀。）

沈：「近幾年來，日本文壇流行復古，提倡新傳統運動，這在我留學時期，時有所聞，老師對這方面，有什麼意見？」

中村：「說坦白話，我從來不贊成一個時代的文學要進行什麼復古運動。我個人自然尊重傳統，但每一個時代都有它本身的文章風格，不必向過往認同。現在許多有創意的小說家都受厄於這種所謂復古的趨勢，像大江健三郎、安部公房等，他們的創新意圖，不多不少會受到阻撓，至於剛冒起來的作家所受到的影響，自然就更大了。」

沈：「照中村老師所講，顯然是不贊成這種趨勢。」

中村：「可以這樣說，我曾經寫過文章批評過這一點，但是反應似乎不大。」

沈：「這是不是表示純文學，我的意思是有新意或突破性質的文學，在日本已受到某種程度的限制呢？」

中村：「你說得一點也沒錯，純文學的確受到了限制，尤其是踏入七十年代，一般讀者那種對純文學漠不關懷的態度，很令純文學作家氣餒。當然，作家不一定因為讀者的冷淡而停止他的創作，情緒上受到了影響，卻是免不了的。作家是情緒動物，我自己也是，否則就寫不出小說來了。」

沈：「這趟來日本之前，在香港曾經跟幾位日本友人談過這方面的問題，他們認為純文學是受到了電視的侵擾與大眾小說的干涉，才會步入目前這種窘態的，你認為這種說法對不對呢？」

中村：「這當然也有幾分道理。但是，你在日本讀過書，應該知道，一般的日本人都有閱讀的習慣。這習慣是自小便養成的，所以不容易被新興的傳播媒介所改變，我個人以為純文學在七十年代明顯地往後退，主要還是作家的作品出現了問題。」

沈：「你的意思是指文壇上已沒有代表性的作家嗎？」

中村：「對了！我們的文壇現在已沒有像夏目漱石、森鷗外、谷崎潤一郎、永井荷風、川端康成與三島由紀夫那類高度代表性的作家，成為讀者心目中的偶像，他們依次對文壇發生了推動的作用。他們逝世後，作品雖然仍舊流傳下去，但是新的作品卻沒有了，而現在的作家又未能突破框子，於是造成純文學逐漸乏人問津。」（註：到了今日二十一世紀，情況更糟。）

沈：「聽說許多純文學作家都兼寫大眾小說，你認為這條路可通行嗎？」

中村：「這是無可奈何的事。作家是人，他們要吃飯，兼寫較通俗的作品，在原則上並沒有問題，只要他們有空仍舊堅守崗位便行了。」

沈：「有朋友告訴我，純文學的作家的稿費，普通都不大高，你可以告訴我現時寫一張四百格的原稿紙，純文學作家大約可得到多少報酬呢？」

中村：「大約三千元到四千元不等，我自己是四千元，不多吧！」

沈：「三好徹先生告訴我，他的稿酬是一紙一萬到一萬五千元左右，如果寫報紙連載，一天可得四萬元。以老師的稿酬來算，四千元已等於港幣八十元，香港的稿酬是以兩張五百格原稿紙計算的，這就是說，老師寫一千字，可以得港幣二百元，這在香港應該說是很高的稿酬了。」

中村：「可是，如果我只靠寫稿，並不能過活。我現在每月起碼要一百萬日元的開支，幸好我有許多書出了版，長期有版稅可抽，否則真的不堪設想。」

沈：「老師對中國文學有什麼高見？」

中村：「我喜歡唐詩宋詞。近代的看過魯迅、郁達夫、郭沫若、周作人。」

沈：「魯迅跟周作人間，你比較喜歡哪一個？」

中村：「你呢？」

沈：「我喜歡周作人。」

中村：「我也是，魯迅的文章政治意識太過濃厚，對文學上的認識，並不十分通透，而周作人在這方面，卻跟魯迅相對。在他年青的時候，對政治的確也懷有很大的衝動，中年以後，變得平淡而近自然，這種學術上的修為，並不容易達到，夏目漱石走的大概也是這條路吧！」

沈：「周作人先生很喜歡夏目漱石的文章，我也一樣，尤其是《心》這部小說，我在香港買到了明治年間的版本，先後看了兩趟，每次都有新的感受。」

中村：「這便是了，平淡近自然那類形式的文章，最能包含各方面的意思，愈看愈有味道。」

沈：「今天能跟老師共飯，聆聽教益，真是我的光榮，我知道老師對法國文學的修養很深，可惜我是外行，否則一定要向你請教。」

中村：「提起法國文學，我倒想起兩位中國學者詩人來，他們便是梁宗岱與馮至，現在他們怎樣了？」

沈：「馮至最近復出了，而梁宗岱也在大陸，仍舊活着。」

中村：「這就好了，他們對法國文學都有很精闢的見解，希望他們能夠再研究下去。」

在瀨里奈的談話，大概到此結束。這時，枱面上已是杯酒狼藉，小泉看了看錶，對先生表示，應該回去休息了。可是中村先生的興致卻好得很，他望着我，問：「今晚可以晚一點睡，我們去喝酒好不好？」

「老師不礙事嗎？」我問。

「沒事！」他站起來，伸直身子：「喝一點，不要緊！」

於是一行四人下了樓，到新宿去。

在寒冷的馬路上，邊行邊談。中村先生說要帶我去了一爿純文學作家薈萃的酒吧。我跟他並肩而行，沿途轉彎抹角，終於閃進一條橫弄堂裏。弄堂的中間，便是我們要去的酒吧。

這爿酒吧，面積十分細小，酒吧櫃枱前，只擺有七張高腳凳，七個人坐滿，便沒有轉身的餘裕。整爿酒吧也只有一個媽媽生，斟酒奉茶，全都是她一個人負責。這媽媽生大概有三十多歲，口齒伶俐，而且也很有文學修養。她告訴我安部公房、大江健三郎他們也常常來的，前兩天還來過，今晚上就難說了。

中村先生笑對我說：「看來沈先生你跟他們是緣慳一面了。」

我笑說：「這是我今趟來日本所得到的最大遺憾，希望你能代我向他們問安。」

在這爿酒吧坐了四十分鐘左右，中村先生的精神實在支持不住了，他說：「我明天要到醫院去檢查身體。所以現在不得不告辭。」

我們陪着他走到街上等候的士，他那斑白的頭髮，被街上面從不同方向吹來的風飄動着，替他添上一層飄逸的神采，他佝僂着身子，對我說：「回去多寫點文章吧！下回來，一定要找我談話呀！」

的士駛來的時候，他彎身進了車廂，隔着玻璃，他側過身子向我擺手，我看着他舉在車廂裏的手逐漸遠去。不知怎的，竟然有着一種黯然別離的感覺在心裏頭浮現了上來。

七八年四月十六日晨

原刊《當代文藝》第一五〇期，一九七八年五月

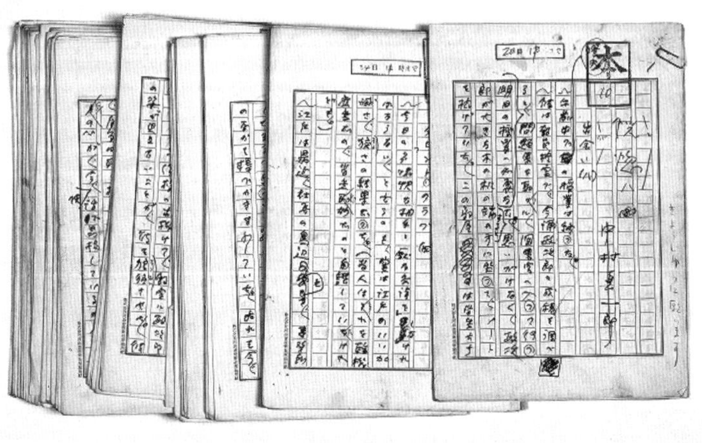

中村真一郎草稿

青年時期的中村真一郎

松本清張談推理小說之文學性娛樂性

節譯

前言

對日本的推理小說，讀者普遍有一個看法，覺得推理小說只是一種娛樂讀者的「讀物」，在小說藝術上，沒有任何傑出成就。甚或有人認為推理小說只是傳統偵探小說的延展，目的在製造懸疑的情節，讓讀者進行猜測，而到最後，才出其不意的做出「解謎」的結論，藉此吸引讀者的閱讀興趣。這種見解，表面看來似乎很成理由，唯查究下去，卻是錯誤而不能成立的。

什麼是推理小說？它跟純文學小說的分歧之處在哪裏？要解答這兩個問題，實在不容易，而且也不是短短幾千字文章所能夠辨到的。但是為了讓讀者對戰後日本文壇佔上重要地位的小說流派有個簡略的印象，筆者確信翻譯松本先生過去自己所講過有關推理小說的談話，會產生一定的幫助。松本先生的話，經過翻譯，原意可能有若干程度的「失誤」，但作為參考，仍然有着很高的價值。

松本先生的談話，收錄在權田萬治先生所著《宿命的美學》（《宿命の美学——推理小說の世界》）的第五章裏面（第三文明社，一九七三年四月版），原題「作家與批評家」，是一篇長達一萬五千字左右的對談，本文僅節錄了其中兩節，同時為了便於閱讀，在翻譯時經過若干刪節與改寫。

西城　七八年四月二十二日午

權田：近來，我把這十三年來所寫的有關推理小說的評論，以「宿命的美學」為題，編印成一本評論集，現在有若干問題，想向松本先生請教一下。

在推理小說的領域中，向來都沒有含有文藝評論意味的正式評論。我一直都懷疑即使是D·H·湯姆斯的《偵探作家論》與侯活·海克萊夫的《作為娛樂的殺人者》等優秀的研究專書，是否可以稱作評論。江戶川亂步的《幻影城》，可以說是日本推理小說研究的最佳作品，但是，看下去，仍然覺得「解說」的氣味十分濃厚。我所指望的是在這類文藝評論還不曾成形的領域裏，有不附屬於作家與作品的獨立批評，或者是有創造性的評論的出現。松本先生實際上是繼江戶川亂步以後，寫過許多優秀的「解說」文章，我因此想知道你在推理小說的領域中，何以批評與評論還不曾成形的意見。

松本：這個嘛，跟推理小說或者是偵探小說，本質上是否為娛樂讀物這一點有關。我認為所謂偵探小說，在基本上就把它當作是娛樂讀物好了。只是，關於它能否成為文學，在這一方面，曾經有過甲賀與木木兩先生的論爭。木木先生的意見，認為推理小說絕不能永遠只是娛樂的。但是甲賀三郎的論調，則以為只要是貫徹娛樂，即使有着怎麼樣的通俗性也無傷大雅。

但是在另一方面，包括各體小說，實在也是一種「讀物」。因此，是否要賦以高級文學性，在這以前便有許多自以為是的解釋。基於此，非常觀念化的小說，充滿各式各樣理論的小說，或者是思想的小說，到了現在還留存着的，已經非常之少。我們看古今中外的小說，全都是有故事的，讀得有趣。所謂有趣，實際上便是有通俗性，因此，托爾斯泰的作品裏面有通俗性，莫泊桑的短篇雖然水準不一，但是可以說全都具有通俗性。即使是福樓拜、左拉也是這樣的。而日本的作家，以近世來說，像馬琴與逍遙等亦是這樣。逍遙寫了《小說神髓》這樣充滿學術性的專書，他的《當世書生氣質》卻很通俗。

權田：換句話說，即是所有的小說裏面都是含有某種娛樂性的。想故意把那種故事性、趣味性排除的是法國的反浪漫派，老實講，那樣的小說是沒有魅力的。

松本：以推理小說的場合來說，倒是有多種限制的。換句話說，在技巧上，犯人大多數是最後才揭露出來，或者，雖然已露面，策劃犯罪，卻由於稍微疏忽或計劃不周密而被識破。這種發展趣味的步驟，在手法上可能是通俗的。但是如果小說的世界能窺視到社會的某部分，跟普通的小說，則已有若干的差別。

那麼，要說推理小說是否能成為文學，並不是理論可決定，而是要從作品來證實。普通的作家，要寫他生平傑作時，都會預先說明自己的意圖，至於那部作品是否成為傑作，或者那部作品是否擁有預先所宣稱的那種藝術性與文學性，寫了出來，經讀者判斷，有可能跟他本人的意圖完全相反。

權田：這的確是一如你所說的那樣。以日本來說，谷崎潤一郎、佐藤春夫等，他們寫了各種即使撥歸入推理小說類也毫不足怪的作品。但是，我們姑且不談在文壇裏面，對江戶川亂步的作品評價極高的像荻原朔太郎那樣的詩人，概略言之，推理小說總受到不當的歧視。但是谷崎潤一郎與佐藤春夫的作品既被評為有文學性，那麼江戶川亂步的《與押繪一同旅行的男子》與《非人之戀》等作品被評為日本純文學的一種，也實不足為怪。但是，我們的文壇完全無視於這種事實，這是什麼原因呢？

松本：畢竟在基本上，推理小說是娛樂作品，我想這是它不被當作是批評的對象，或者是小說論的對象的原因。你剛才說過的谷崎、佐藤、芥川，他們所寫的推理小說，全都是當作跟佐藤春夫論、谷崎潤一郎論與芥川龍之介論有關係的。它們卻不被看作為推理小說，而被認為是那些作家論裏面的一部分作品。因此，讀他們所寫的作品，只可說在手法上是推理小說，卻不是認真地從推理小說的角度來看他們的作品。

現在的偵探小說，是有着江戶川亂步以來的形象。對一般讀者而言，推理小說，比普通的小說遠為有趣，我想這是很確實的。在明治時代，硯友社的作家，被黑岩淚香的偵探小說所壓倒，於是便拼命寫偵探小說，結果沒有一個成功。

權田：真的，寫藝術小說，與寫娛樂小說，需要不同的才能。要托爾斯泰寫姬莉絲蒂那樣的推理小說，那可說是不合理的，反過來亦然，所以我們不必懷有娛樂小說即是劣等作品的想法。

松本：亂步初期的作品《二錢銅幣》與《D坂殺人事件》，所描寫的全是犯罪的「心理試驗」，如果一路寫下去，那就好了。可惜的是，他後來改寫谷崎潤一郎所喜歡的東西（色慾觀），結果變成不倫不類。如果要說亂步的功過，功的方面在於初期的短篇集，過的方面則是那些色慾觀念的小說，這些作品完全歪曲了對偵探小說的形象。

權田：呀！正因那種色慾荒謬的思想，令人對推理小說戴上了有色眼鏡。我以為最好的娛樂作品，就遠比二流的藝術作品好得多。

大抵說來，「娛樂」該置於「藝術」之下的說法是很荒謬的，再者，兩者都有它存在的理由，要分上下的說法真是莫名其妙。

松本：我也同意你的說法。

權田：現在讓我們來談談有關推理小說的詭計（即圈套，英文稱之為 trick），許多人都認為 trick 已被作家用光了，現在做推理小說，只不過是把種種舊的 trick 加以配合和變化而已……

松本：我以為 trick 已經用完了這句話，並不一定能說，現在的作家是那樣吧！

不過，新的作家出現，或許便有新的拓展，則造出新的 trick。現在的作家，連我在內，都不是志賀直哉，那樣軟弱而無新意的 trick。

權田：說 trick 已經用光了，我也覺得稍稍言之過早。現在且讓我們來看看推理小說跟社會的關係吧！戰前，江戶川亂步有着極偉大的開始，到了後期把推理小說歪曲到色慾那面去，作品的價值才打了折扣。這是江戶川亂步要迎合大家的原故，同時，在當時社會本身的構造當中，也的確有着產生這種色慾心理的大眾基礎。另外，那時正對推理小說加以鎮壓，在這樣黑暗的環境當中自然無法抬頭。戰後日本勉強可以說是流行民主主義，推理小說才逐漸流行起來。海克萊夫指出推理小說是民主主義的產物，在極權主義的國家裏面，絕對不能生存。在希特拉時代，或者是墨索里尼時代，推理小說是被當作禁書焚燒掉的。推理小說，在日本來說，尤其是最近，才逐漸被進步的人士看重。你的看法，怎麼樣？我過去跟佐野洋先生傾談時，他認為假如不是一個高度民主化、犯人的基本民權獲得尊重的社會，真正的推理小說就不會產生。推理小說的發展跟社會有什麼關係呢？我很想聽聽你的意見。

松本：推理小說是一種小說的形式。我認為小說的發生，想聆聽珍貴故事的心理根本是相同的。一個故事雖然內容相同，而由於說法不同，便會產生趣味。那麼說，小說的手法就不能一成不變，推理小說便是其中一種手法的變化。而有關小說的本質，我認為一點也沒有改變，因此亂步寫色慾觀念，可以說是反映當時的世相。

現在日本雖然流行官能小說，在官能小說流行之前，所有風俗小說都是採用推理小說的手法。反過來說，推理小說中，在題材上，是有着所謂社會派、風俗派、甚至還有寫身邊事的私小說的題材。所有上述派別都包含在推理小說的名稱裏。

權田：我十分同意你的說法。

後記：上面所翻譯的是松本清張對推理小說的部分看法，所譯雖是殘篇斷簡，若能令讀者對日本推理小說的面貌，有着一個初步的認識，則幸甚焉。

譯者記

原刊《明報月刊》，一九七八年六月

附錄一：松本清張二三事

「沈君，你這麼瘦，要多吃一些啊！」四十年前松本清張老師在廊下揮手送別我時，忽地掉出了這句話。四十年後的今天，朦朧中又在我耳邊響起來。近日看了松本清張紀念館的特輯，重新跌進思憶的網，緊緊罩住，再也甩不掉。一九八八年我訪先生於他高井戶大宅，未進門已鬧了個不大不小的笑話。揿過門鈴沒人應，見側邊有道小門，貪方便，毫不猶豫地鑽了進去，來到玄關，碰到女傭，好奇地問：「先生，你怎麼進來的？」據實以告。女傭噗哧一笑，曖昧、蠱惑。五分鐘後，在那面積不大，古氣盎如的偏廳枯等一會，松本先生翩然而至，左手萬寶路、右手登喜路，朝我神秘兮兮笑，笑啥？難道臉上沾了灰？下意識地用手抹。先生道：「沈君！聽說你從小門那裏走進來，對嗎？」我點點頭。「那你可知道那是什麼門嗎？」先生問。哪會知道？先生哈哈笑起來：「那是給狗兒走動的呀！」（唷！我變成狗啦！）挨到我笑起來。相視一笑，距離拉近，為我此行目的鋪上順利之路。

最近日友高橋政陽告我八十年代中期，曾引內地翻譯家往訪松本，滿以為是一趟快樂的訪談，不料碰上一鼻子灰。

翻譯家得意洋洋呈上先生譯本時，松本看了眼，板着臉道：「呀！你倒翻譯了我不少作品，那應該賺不少錢吧！可我一文也沒收到呀。」不滿之情，溢於言表，場面尷尬。先生似乎孳孳重利，實則不然。我告高橋，那趟先生譯作和改編電視版權全不收錢，慷慨大方，豪氣吞四海，絕非守財奴。可為什麼展示兩副不同的臉孔呢？依我看，原因有二：一是先生覺得那位翻譯家事前沒跟他打招呼，擅自翻譯，有失尊重；其次是先生的誤解，在他心中香港乃彈丸之地，文化發展有局限，因而對我厚待：香港地方小，賺不了錢，我免費送與你，條件僅一個：要認真做好。可中國不同，地大物博，人口眾多，讀者不少，出版他的小說，必賺大錢。你腰包滿盈，我沒一文，公道嗎？先生錯矣！中國雖大，日本翻譯小說，其時銷路未旺，情況只比香港好一些，一刷，一至兩萬冊而已，絕不可跟日本動輒數十萬冊相比。先生出生貧苦，最憐平民，作品常為他們伸冤，焉會着眼於蠅頭小利？彼此一場誤會。

先生做小說，事前有寫筆記習慣。年輕時，愛四處遊覽，搜集資料，隨行有黑皮筆記簿一本，每看到有用資料，隨手摘下。成名後，稿事繁忙，就仰仗秘書和出版社職員代勞。我在他書齋裏看到滿桌資料，都是各大出版社、報館傳過來供他閱覽的。

松本說：有了傳真機，傳資料很方便。七八年先生已備傳真機，龐然大物，眼界大開。面對一大疊資料，先生長長嘆口氣：「我只有一管筆，哪寫得這麼多！」欷噓不可禁。先生嗜甜，我到松本府作客，除了奉上滿盤壽司，還備有各式甜點，彼最喜福岡太宰府市的「梅園」果子店。友人近日遊九州，慕名往詣「梅園」，跟店員閒聊。店員說先生最愛吃「寶滿山」、「東風梅」和「梅守」。我也吃過，尤以「寶滿山」最好，經冰箱一藏，取出吃，風味絕佳。店員滔滔不絕：「先生昔日每來福岡，都會親自購買，移居東京後，路途遙遠，便由小店寄奉，大抵一年兩趟。」「梅園」百年老店，松本以外，《雪國》川端康成和《歸鄉》大佛次郎也是常客。友人告以店員我曾見過松本先生並有作品藏於松本紀念館，一聽，忙欠身行禮，不住說：「是松本老師的朋友，一定是了不起的人物哪！」一臉敬佩，友人不好意思，趕忙欠身還禮，你欠，我也欠，一路欠身出店門。唉！勿論有名或無名，日本人還是比咱們尊重作家的。

附錄二：松本清張也曾遭白眼

日本近代作家，我喜歡的頗多，認識而有來往的很少，只是同推理巨匠松本清張先生卻曾有過一段不大尋常的交往，由是在我心中，先生佔據着很重要的位置。千禧年左右，我因取材，遠赴大阪拜會盛力會會長盛力健兒，當他知道我曾見過松本清張，他的態度即從友善衍化為敬重，不住說：「沈桑，你能見到松本老師，又到他家中作客，當真是大大的了不起呵！我可沒這個榮幸！」當下臉上露出欣羨的神色。我跟松本老師相見的經過，早已寫在我那篇〈松本清張先生印象記〉裏面，這兒也就不再提了，唯一可記的是這篇〈印象記〉後來居然有了日文版，翻譯者是東京大學大學院八木春菜教授，發表於《松本清張研究》二〇一四年第十五號。這篇文章真起了一點作用，不少研究松本清張的朋友都會跑來問我關於先生的情況，其實我並非什麼松本小說專家，只是喜其小說而已。今夏，特別熱，溫度在三十五度以上，靜坐家中，也流汗。燠熱唬人，不想看書，也不欲做文章，惶惶不可終日期間，想起松本先生。如今離他的忌辰（執筆時是七月二十七號）只有七、八日。九二年八月四日，松本清張因肝癌病逝於東京女子大學病院，享年八十三，距我與他初晤已隔十四年。近年，我對生死已看破大半，並無特別感念，只想說說先生的一些軼事。松本自學成名，這也拉近了我跟他的距離。七八年訪問完畢，我衷心地告訴他未進過大學。先生哈哈笑起來：「沈桑，這不礙事的，我的學歷比你更低哦，只有小學程度。」言下之意，學歷不算什麼，而且寫小說，不是做學問，學歷不一定重要。這話日後成了我的座右銘，當我寫作進入樽頸地帶時，都會以先生的這番話自勉。

松本是曠世奇才，一投稿，就得獎。五〇年憑《西鄉鈔票》得了朝日週刊「百萬人的小說」三等獎，翌年同作又入圍第二十五屆直木獎。五二年，《某小倉日記》入圍二十八屆直木獎，越一年，同作獲頒二十八屆芥川獎。日本文壇同一作品，兼得直木、芥川二獎的作家並不多，於是人人都知道日本有一個叫做叫松本清張的中年作家。直木、芥川二獎只為他帶來地位而已，真正令松本清張名撼文壇的，是長篇推理小說《點與線》，五七年發表於《旅》雜誌；翌年，《眼之壁》面世，更是厲害，銷量直達五十萬冊，自此松本春風送爽，直抵文學殿堂。《點與線》更是日本推理小說唯一一本，入選世界十大小說推理小說行列，松本清張因而跟柯南道爾，阿莎克里斯蒂等齊名，地位崇高，日本推理作家迄今無一能夠與之比。日友權田萬治曾對我說過：「松本老師這堵高大堅固的巨牆，我想是無人能推倒的。」即便今日，東野圭吾名作輒出不窮，要推倒這巨牆，怕也無能為力吧！松本畢生致力寫作，臨終前還在《文春週刊》連載長篇小說《神之亂心》（未完成）。七三年，我在伊東養病，看了不少松本先生的推理小說，入迷至深。回到香港，先後翻譯了他的〈霧之旗〉（六一年）、〈沒有果樹的森林〉（六四年）和〈喪失的禮儀〉（七二年），其中以〈霧之旗〉影響力最大，非是我譯得好，而是卷首刊有〈松本清張先生印象記〉，這可以說是我青年時候的力作。

松本清張叱吒文壇，可也有碰釘的時候。好友推理作家三好徹生前告訴我，松本清張初出茅廬，來到東京，因仰慕寫《鬥牛》一書名聞文壇的井上靖，特地挽着禮物跑去向他請教，卻受到井上靖的冷待，沮喪得幾乎流下眼淚來。井上的冷漠，深深地激勵了這個從小倉上京叫做松本清張的青年，夙夜匪懈，戮力寫稿、奮發向上，終憑《某小倉日記》拿到了第二十八屆芥川獎，得以跟二十二屆得獎者井上靖並駕齊驅。說來湊巧，我跟松本先生一樣，也曾受過井上的白眼。我在〈井上靖其人及其作品〉一文中，這樣寫道——

七二年春天，我就不揣冒昧地掛電話到井上的府上去，希望能夠拜晤他。來接電話的是一個聲音很柔和的日本女人，她在電話裏叫我稍等一下，便讓井上靖親自來接聽了，很和氣的道：「我現在每天都在忙寫稿，實在騰不出時間來，下個禮拜，我又要離開東京出門旅行，要一個月後才回來，請你屆時再來一個電話吧！」這誠然是變相的拒絕，然而我沒有氣餒，過了一個半月，我依他所說再掛電話去提出請求，這一次，他回答道：「我是很希望跟你見面的，但是最好你能通過一個我熟悉的人來安排，你認為這樣是不是更好呢？」我接連吃了兩記悶棍子，自然不能不作罷。我安慰自己說：「大約我跟井上靖的緣分，就止於神交的範圍吧！」（全文刊於《梅櫻二集》一書）

我將此事告訴松本清張，他聽了無奈地搖搖頭，嘆了口氣：「大丈夫！（不打緊）」對呀，且把白眼當動力，向前衝鋒吧！今夜，月朦朧，西窗簾半垂，隔簾眺黯月，合十向天告：「松本老師，我想告訴你一個好消息，我胖了，有一百五十磅啦！因為我聽你的話，多吃東西了！」

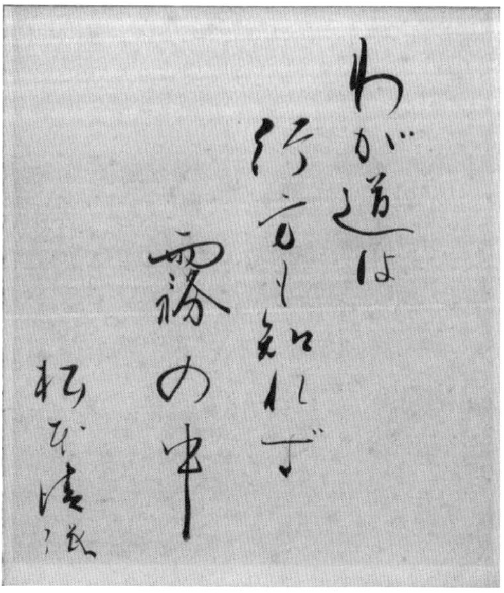

●松本清張手跡

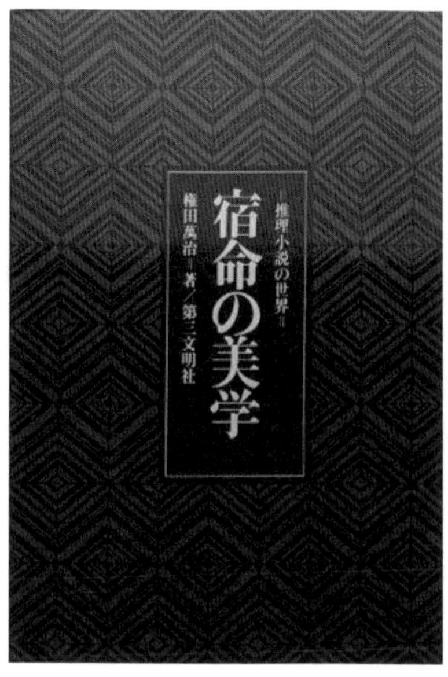

●權田萬治《宿命的美學》

第二輯

《伊豆の踊子》作者川端康成孤僻獨特（譯述）

作家公東光寫過一篇追悼川端康成的文章，登在昭和四十七年（一九七二）六月號的《文藝春秋》裏面。文曰「真正自殺的男人」，是我讀過所有記述川端康成文章中最好的一篇。

這篇文章，我在三年前便讀過，當時雖也興過翻譯的心，後來因為忙着別的事情，也就丟淡了。前兩天，徐訏先生囑替雜誌寫文章，而編輯先生給的期限又短促得可以，百忙中，實在沒有辦法應命。只好自抽屜中挖出公東光寫的文章，略加添刪，以最淺白的文字寫出，虛應一下故事了。

四年寫一部小書

伊豆湯島的湯本館是很好的旅館。那時候，川端住在湯本館正門二樓的頭等房間。房間裏面置有一張黑漆枱子，川端在枱上攤開原稿紙，用「奧洛」鋼筆寫稿。「奧洛」鋼筆是當時最上等的自來水筆，作家菊池寬從丸善書店買了幾十管，分送給相熟的朋友，川端與橫光利一齊受其惠。川端在湯本館寫完他的名作《伊豆の踊子》（中譯為《伊豆舞孃》），是大正十五年間的事。發表後，並不得到好評，當時那些有名的文學批評家通常對年青無名作家的小說總是不屑一顧的。但是過了許多年，川端這部小說出了名，後來更被拍成電影，於是許多人都把它看成是川端不朽名作了。川端另外有一部小說叫做《淺草紅團》，跟《伊豆の踊子》一樣，也是後來才受到人家注意的。

川端死後，我常常想起他在湯島的日子來。川端一共在湯本館住了四年，而結果只寫成這樣薄薄一冊的《伊豆の踊子》，以四百格原稿紙計算，大概不會超過四十張。那時候，川端很窮，日子不好過，旅店的費用時常拖欠，到後來到底交了沒有，現在也想不起來了。可是，川端很好客，遇有人客來訪，不管張三李四，都教留下飲宴共宿。湯本館的老闆真是個大好人，對於這樣的客人，竟然從來不曾有過討厭的面孔。我在那個時候，衷心佩服着川端，試想又有誰肯花費四年而僅寫一部小說呢？四年雖說不長，但在不知時日山中的溫泉旅館渡活，實在不容易，這真非天才是不能辦到的。

純情的青年

二十三歲的川端忽然對舞孃愛慕起來。有一班舞孃從大島來到下田港，在溫泉區唱法事，川端被其中一個只有十四歲的小舞孃的可憐長相攝住，起了愛憐的心，就跟他們結伴而行。他對這個小舞孃到了晚年仍不能忘懷，因此《伊豆之踊子》可說是川端初戀的自白。照我所知道的，川端在唸帝國大學（即現今東京大學）時，也曾迷戀過一個在咖啡館做事的少女，後來當然不了了之。嚴格來說，年青人愛慕年紀相當的少女是很正常的心理發展，其實是稱不上「戀愛」的。後來，川端又看上一個在本鄉若竹遊樂場表演魔術的少女林金花，她是中國人，因為生得端莊，所以又使川端着迷了。

川端年輕時，很崇拜作家泉鏡花。他喜歡讀江戶小說，咀嚼江戶時代的獨特文化，因此特別喜歡講談落語，自黃表紙（滑稽小說），以至讀本、浮世繪等，無所不窺，窺而有所思；慢慢的進一步更涉獵到歌舞伎，人形淨瑠璃上面去了。他對智識的榨取，可說已達驚人的地步，到了晚年，他對收集古美術的慾念幾乎已成瘋狂，而這種熱情皆是由泉鏡花身上而來的。

性格獨特

泉鏡花的作品裏面，有一本叫做《三味線堀》。川端讀了，很是喜歡，碰巧，那時正住在近下谷佐竹原的三味線堀那兒，正好借了泉鏡花書中所描述的江戶風氣來跟當時的環境相對照。我比川端更要早一步談到泉鏡花，他的確寫得很翔實。我家裏人認得「白樺派」的作家郡虎彥。郡虎彥憑了在學習院跟里見弴是同學的關係，所以加入了「白樺」派。郡虎彥每趟來我家，都帶來文壇最新的消息，因此，我知道了泉鏡花、永井荷風、谷崎潤一郎。泉鏡花雖然是加州金澤人氏，對於運用江戶腔來寫文章，可說得上「出神入化」。川端生在大阪，卻能善用江戶（東京）腔，這真使我佩服得五體投地。川端的江戶腔從哪裏學來的呢？說穿了這跟他住在本鄉時期的日子是有莫大關係的，他偷偷的把江戶腔暗藏肚子裏，培養成熟，便拿出來應用。因為事前不露痕跡，所以用了出來，我就更加驚奇了。

我在年青時，常會寂寞的，遇上女朋友不在身邊，便感無聊，尤其是失戀的時候，那就更加茫然不知所措，因此有時忍不住便在川端面前吐露上一兩句，但隨後又感到慚愧。川端是個孤兒，這是誰都知道的事，一生下來就不曾見過父母的面，且又經歷過跟胞姊、祖父兩次的死別，早與寂寞交上了朋友，在我的面前，從不說過「寂寞」這兩個字。

川端的寥寂，在我看來跟死亡相彷彿，但他愛人，愛任何的人，這是使我們稍感溫馨的。當池田虎雄介紹我認識川端時，我所得的第一個印象便是「他的可怕」。

篤信冥學

一個在本鄉咖啡店做侍應的少女是最先說川端「可怕」的女人。川端受到我父親公武平的影響很大。我父親是日本稀有的神智學家，篤信幽靈；川端每次到我家來玩，都愛聽我父說神智主義。因此他從不興有死亡恐怖的感覺，他常對我說他相信人可與幽靈談話，又說死了的人也可以寫小說，並舉出王爾德為例。這在我聽來，總如冷水澆背，毛骨悚然。

川端的奇行很多。晚年他替秦野章助選議員，某日在酒店裏接受按摩，忽然間從床上立了起來，走過去把門打開，還一邊說着：「啊！是日蓮上人呀！」之後又走回床上繼續接受按摩。過了一會，又說聽到浴室裏面有聲音，於是跑出去看。「噢！三島君，你也來助選嗎？」那時三島由紀夫早已切腹死了，川端顯然見了鬼，那個按摩師嚇得骨骨抖顫，三腳併作兩步的逃走了，而川端卻還談笑自如。我聽到這樣的傳說後，問他緣故，他竟然說日蓮上人關心他的健康，所以才走來看他的。

川端的奇行真是不勝枚舉。我們一班朋友以前搞過一個同人雜誌《文藝時代》，由金星堂印刊，為了商討內容，每日都約定見面，但是許多時川端都缺了席，派人到課室、庭院去找都不獲。這樣約莫四五天都見不到人，正自瞎猜之際，川端的信寄到了，內容多是叫我們湊錢到某地方去救他出來。得無恙歸來，從不會說感謝這類的話。川端對死看得很輕，惟對至好友人的逝世，卻看得很重。片岡鐵兵、橫光利一、三島由紀夫的死，都替他帶來很大的悲傷，而他對自己的死，卻是帶着寥寂的心去經歷的。

原刊《益智半月刊》第一期，一九七六年一月八日

●《伊豆の踊子》初版封面

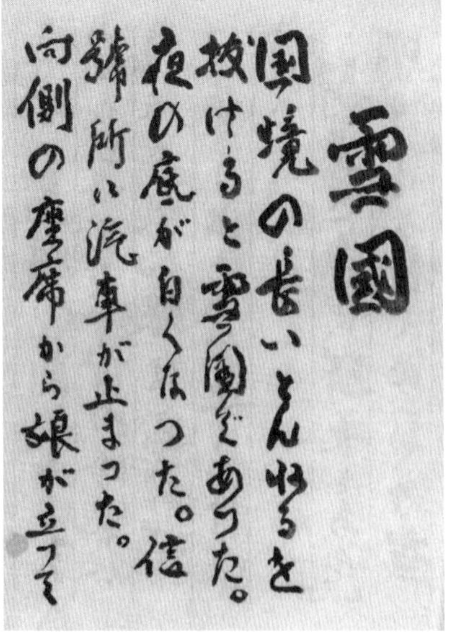

●川端康成書法

一代才女林芙美子

約莫三年前，我寫過一篇講林芙美子婚姻生活的小文，刊載在《快報》副刊上。這文章今已不復存，惟照記憶所得，似乎並不詳盡，當年為要賺取幾文稿費，段落寫得很模糊，以「虛應故事」來概括它，是毫不為過的。這以後，我一直沒有放棄再寫一些關於林芙美子文章的心思，俟最近因利乘便翻讀《放浪記》一過，舊念益熾，恰巧《益智》半月刊的編輯向我索稿，跟他磋商停當，聲明可以正經的寫，於是此志遂得獲伸，不得不好好下筆矣。

主意打定，隨即開始擬網目，這篇「一代才女林芙美子」，鄙意想先從她的身世寫起，以迄謝世為止，這其間包括了她的戀愛、寫作生涯等等，如果套用文學術語叫它，似乎是可以稱作「小傳」的。只不過我不是搞文學的人，用「小傳」這稱呼，多少予人以學究的可厭氣，在沒辦法之餘，唯有借用前面的題目，來做總號了。

身世飄零

林芙美子生於明治三十六年（一九〇三）十二月三十一日，出生地為下關市田中町，生母林菊。據戶籍所記云，林芙美子是私生女，原籍鹿兒島。

林芙美子的生母林菊，生於明治之年，肌膚雪白，身材矮小，父林新左衛門，業製藥，生意頗佳，生有二女，林菊居長。林新左衛門本於鹿兒島市六日町製藥，後移往櫻島古里溫泉，以營溫泉旅舍維生。林菊性頗濫交，不安於室，故在產下林芙美子之前，早有數次生產經驗。林芙美子之父，姓宮田、名麻太郎，愛媛縣周桑郡吉岡村人，世務農。宮田惡農耕，寧以出售土產於各地為業，因常遊各地，見識甚廣。宮田行商到櫻島，下榻於林新兵衛旅舍，因而與林菊相戀。宮田生於明治十五年，比林菊年輕十四年。

林菊跟宮田結合後，遂離開櫻島，隨宮田到下關。林芙美子出生的正確地方，根據資料所云，是下關市田中町一間叫做植野敬吉馬口鐵店二樓的一間房間。在《放浪記》與《一人的生涯》中，林芙美子稱自己的生日是在五月間，不過這種說法目前尚不能肯定。

和田芳惠有一篇文章是寫林芙美子的，裏面提到林菊與宮田的事云——「生父麻太郎，那時已在外行商，對林菊懷孕，不免有所思疑。兩人並沒有結婚證書，是以麻太郎並不認林芙美子為女。……麻太郎在若松市營綿織生意，嗣後自開店面營業，生活奢侈，常與藝妓遊。」情變發生在林芙美子八歲的時候，林菊跟宮田生勃谿，遂帶林芙美子離宮田家，這是明治四十三年的正月，天還下着雪。

林菊後來又碰到一個同情她遭遇的男人澤井喜三郎。澤井是岡山縣兒島郡內山下的農家子，本是在宮田店裏做掌櫃的，因為同情林菊的遭遇，後便同居起來。澤井生於明治二十一年，比林菊年輕二十年。澤井跟林菊同居後，改業行商，因此林菊母女兩人常有旅行的機會。在《放浪記以前》裏面，林芙美子云：「我初讀的小學在長崎，從叫做『雜學穀』的小旅舍，穿上那時流行的薄毛布改良服裝，到南京町附近的小學校讀書。」這所小學校便是勝山小學校。「在四年中，一共轉了七次學，我連一個親密的朋友也沒有。」（同書）這學校包括了佐世保市八幡女兒尋常小學校，下關市名池尋常小學校與鹿兒島市山下尋常小學校等。大正三年林芙美子進了山下小學校時，其母林菊把她寄養在外祖母的家。這外祖母思想很頑固，竟教林芙美子輟學在家中幫活。故自大正三年迄大正五年，林芙美子並沒有好好唸過書。直至大正五年，林芙美子離開了外祖母家，跟養父澤井一起生活，才復進廣島尾道土堂小學校。因此人家只要六年便可以畢業的小學課程，林芙美子竟要花整整八年才能完成，對於十四歲才唸小學五年級的事，林芙美子一直耿耿於心，造成她日後的悲劇。

林芙美子的名作《風琴與魚之町》與《放浪記以前》，自傳氣味很重，這在日本文壇上，有一種特別的稱呼，「私小說」者便是。這兩部作品雖不盡是全部寫實，卻都寫有林芙美子當時轉入土堂學校時的心情。《風琴與魚之町》的女主角是一個叫做真子的少女，全篇以物語體式寫成。真子其實就是林芙美子的化身。書中有一段寫景的段落，其中云——「汽車爬過蜿蜒的岸邊。不動的海與屹立的雲，在十四歲的我底眼中猶如一道土壁般的映照着」，這跟十四歲時林芙美子所處的真實情景大體上是一致的。

真子隨父進小學校的事，在《風琴與魚之町》的第七章中也可以看到一些蛛絲馬跡——

「要到學校去嗎？」某日，在山上的茶園裏，除了薔薇花，要種在石榴根時，做好生意回來的父親，一邊在井邊洗臉，一邊向我這樣說：「上學？已經十三歲了，還讀五年級，不去！」「不上學，怎麼可以？」「那麼可以讓我唸六年級嗎？」真子說。

從這裏可以看出，林芙美子似非乎常不願意要在超齡之年才能讀上六年級，林芙美子生於明治三十六年，但她每喜說成是三十七年。和田芳惠記述跟林芙美子見面時云——

又某日，林芙美子對去訪問她的我說跟自己同在明治三十七年出世的作家有很多，因此打算組織「辰之會」。明治三十七年屬「辰歲」。林芙美子舉出了武田麟太郎、丹羽文雄、堀辰雄、石川達三等人的名字。

故意減去一歲，理由就是要掩飾超齡之年方唸六年級這回事。

原刊《益智半月刊》第五期，一九七六年三月八日

● 林芙美子

●《放浪記》初版

論中國文學的革命

原著：吉川幸次郎

譯者前言

在我居留日本的時期，在雜誌上常讀到吉川幸次郎先生談論漢學的文章。欣佩之餘，復在神田舊書鋪檢得一兩本他的著作，帶回家中，秉燭夜誦。吉川先生的學問，總教我有一種汪洋大海、無所適從的感覺。他懂詩、且又能文，談起詩詞歌賦來，恍如長江大浪，滔滔不絕。自殷周到明清，這二千多年的文化史，似乎都在他的肚子裏，隨時可以翻出來，任人瀏覽。後來興趣稍改，少讀吉川先生著作，時間一久，便成隔教。

近日，檢閱書架，見有吉川氏所作《中國文學入門》一書，內刊〈文學革命〉

文。篇幅不長，翻閱一過，遂興迻譯之心。

〈文學革命〉是吉川先生在一九五一年的一篇演講稿，後經增訂，編入弘文堂「阿德尼文庫」。內容敘述五四運動前後中國文學發展的概況，可為一般研讀白話文學史的讀者所參考。

直到現在為止，我已先後有十多趟，講述了中國文學的歷史，不過，以前所講的，全都是有關民國革命以前的文學。民國革命以後，現在的中國文學，跟我以前所講過的，是很為不同的。這裏面有兩點重要的差異。

第一是用語的差異。民國以前的中國文學，大體全都是用特殊的文言文寫成。至於詩的用語，跟普通的說話句法相異，那是當然的了。可是散文文學，至少被認為是正統文字的散文句法，也是一種跟普通說話的句法，有相當距離的特殊韻律的文言文。即使是韓愈那種行文比較自由的散文，也屬於這一種，只有《水滸傳》與《紅樓夢》這樣的小說文學是一個例外。它們都是用接近口語的句法去寫，卻因是口語的緣故，返過來就不被推許為正統文學了。然而，在今天的中國，所有的文學，都是用口語寫成。它們都是言文一致的文章，套一句中國話就是用「白話文」來寫。這是第一個重大的差異。

第二點明顯的差異便是，民國以前的中國文學，雖然到後期已是傾向於散文的方面，可是無論怎樣說，抒情詩的文學仍然是文學的主流。現在的中國文學，反而如同世界其他各國一樣，是以小說為文學主流的。不過，這也不是說中國以前沒有小說，自《水滸傳》以來，中國小說已有五六百年的傳統這件事，前面已經提到過，然而過去的中國小說，無論如何只是供消遣的讀物，主要是在打動讀者的好奇心。對此，現在的中國小說，如同其他的世界文學一樣，是一種以正面探討人類問題為使命的近代小說。用這個題材寫成的小說成為文學的主流。反過來說，過去抒情詩的文學，自然就不成為文學主流了。至少，過去的律詩與絕句等詩的形式，已不多人再去寫。這跟日本現時還有人在寫短歌俳句這種舊日的詩句，是大為不同的。這種以詩為主流的文學變化成以小說為主流的過程，是第二個重大的差異。

這種重大的差異的產生，正是距今約三十五年前，繼民國政治革命之後所興起來所謂「文學革命」這個改革運動的結果。改革迎動的最初提倡者是胡適。民國五年，即一九一六年，當時在美國留學想要回中國的胡適，寫了一篇〈文學改良芻議〉，寄給以北京大學為中心發行的雜誌《新青年》。論文的要旨，是有關文學用語的改革，主張把以前用難解的文言文所寫的文學，用更易解的口語來寫。響應理論家胡適的提議，馬上成為新文學理念實踐者，展示出極豐富成果的便是魯迅。魯迅在一九一八年，即民國七年、大正七年，發表了中國最初的近代小說〈狂人日記〉。這篇小說，是用日記體裁，描寫一個生於受舊禮教束縛家庭裏的青年，終於發狂的故事，猛烈抨擊了舊道德觀念。到一九二一年，即民國十年、大正十年，魯迅又發表了〈阿Q正傳〉。這篇小說的主人公，是一個無知、愚鈍、老實，正因老實，又顯得有些輕浮的阿Q。他依靠為地主賣力而過活，卻常常遭到地主的打罵。有陣子，阿Q也想過反抗，但是一旦被地主與地方上的土豪抓住，吃的苦頭就更大。阿Q的力氣也不太大，他常常跟朋友吵架，但每次都吵不過人家。然而，阿Q的哲學，就是覺得那些打罵自己、欺負自己的人，都是比自己更無聊的人，阿Q常用這種哲學來安慰自己。可是這樣的阿Q，也有得意的日子。一九一一年民國革命的餘波，擴展到阿Q的村落，那裏登時呈現了無政府的狀態。阿Q也成為了強盜的嘍囉，立刻暴富。阿Q不單有了錢，以前那些欺負他的地主與土豪，都趕來奉承。但是阿Q的得意，為時很短，不久，革命被鎮壓，村落又一如往日那樣，成為地主土豪支配的世界。阿Q最後揹上了莫須有的罪名被處以槍斃，這便是故事的情節。這篇小說，可以說是諷刺當時實際上跟阿Q一樣命運的整個中國。

〈狂人日記〉與〈阿Q正傳〉，都是用活潑有力的口語寫成，這就同時證明用口語發展文學的可能性以及用小說發展文學的可能性，於是文學革命得到了徹底的成功。這種成功，正如前面也說過，是因為作家敏銳地感覺到過去的傳統文學，由於素材不斷反覆運用，變成無聊乏味，跟生活相脫節而造成。至於另一個重要原因，乃是十九世紀中葉，一八四〇年鴉片戰爭發生以來，長期受到外國壓逼的中國，已想要依靠西洋機械文明的輸入，重振國運，繼後又吸收了西洋的政治組織，發動革命。結果，他們終於強烈意識到一定要重整整個文化體系，才能使到自己的國家繼續生存。一直以來，魯迅都是新文學之父，現在的中國文學，又有了茅盾、巴金、老舍與女作家丁玲等人物，他們都不斷地寫小說，朝着由魯迅所開創的道路前進。

後記

吉川幸次郎先生的這篇講稿，如同其他研究中國新文學的日本學者一樣，把魯迅稱為「新文學之父」。講稿寫於一九五一年，但觀乎文章仍一字不改地收入去年六月三十日發行的《中國文學入門》（講談社學術文庫）一書，可見吉川先生對中國新文學發展史的觀點，到二十餘年後的今日仍無改變。我個人並不十分同意吉川先生的講法，翻譯出來，只是想把日本漢學家對中國現代文學的普遍看法，介紹給讀者。至於正確與否，只好留待讀者自己定評了。

又：翻譯時，刪去了原文末段的一節。

原刊《號外》第九期，一九七七年五月

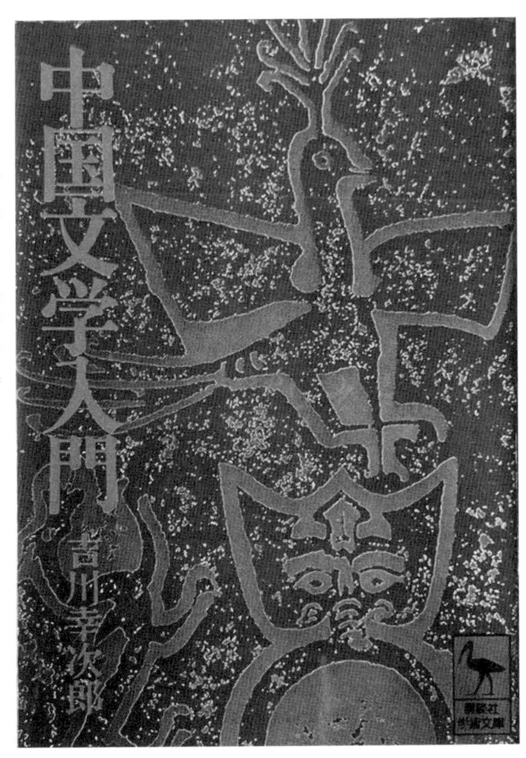

●吉川幸次郎《中國文學入門》

一封新近發現的川端康城舊書簡

川端康成寫於大正十四年（一九二五）的一封書簡，最近被人發現。現在我首先把書簡的內容翻譯出來，然後再對整件事的過程詳細解釋。

書簡的翻譯如下：

啟　多方面要你掛心，甚感不安。兩三日前，雖然從文藝日本社那裏收到十元，但是從此不能令我回東京也。假如真有要我回東京才能洽商的事，我想就應當由文藝日本社那邊派人來我這兒。只是我預定取得版稅來繳付旅館費用，九月初離開此地的計劃已告落空，這可真尷尬。我已收到火車車費、謝謝。還有，現在我並不打算出版書籍。請你停止為我出書的事再奔走。出書的令你擔心，真是過意不去。書店本身可能也有不得已的事吧！我雖然不會生氣，卻感到煩厭。

且不談這事，假定有時間的話，請來湯島一行吧！蓋此山間秋高氣爽也。《文藝時代》的十一月號中，已刊出我的第二短篇集小說，希請賜正。

十月二十五日

康成

武野學兄

我想這十塊錢還是還你的好。

還有，請不要再寄像前些日子寫上有關金錢問題的明信片來，因為女傭們會讀到也。

以上是書簡的全文，除了照顧到讀者閱讀的習慣，在翻譯過程中，略事「中國化」外，其餘不曾修改過半句。書簡是寫在長卷信紙上的，長約二公尺七十公寸，信封上這樣寫着：

東京市外東中野塔山三九九

武野藤介様

背後寫上：

伊豆湯島溫泉

湯本館

川端康成

信封面上的郵戳是大正十四（一九二五）年十月二十六日，郵票三錢。可能束諸高閣已達半世紀以上的關係，信封、信紙都變成霉菌。

現在有一個問題，那便是為什麼這封私信會離開武野藤介手上的呢？可惜物主已經逝世，這問題當然難以澄清了。

《小說．川端康成》的作者澤野文雄說：「這是川端老師大正年間所寫的信，真是十分值得珍重。信上的字寫得很有朝氣、很易閱讀，但是以書法上看，還不能算寫得好呢……」

澤野手邊有川端康成晚年所寫的信，字體果然比以前完熟，但是也就比以前更難唸了。

現在再回顧這封信的內容。川端康成的這封信，寫在青年時代，頗能表現出他一生的風骨。

按照信的內容推測，武野藤介是想幫助川端康成出版新著的，信中的文藝日本社，寄贈十塊錢給住在湯島的川端康成，希望他能「到東京來」。

但是川端康成卻表示：「假使有要洽商的事，最好由對方派人前來湯島。」川端康成雖然也很想得到版稅，但是卻拒絕了出版社的好意。

澤野久雄說：「武野先生跟川端老師有着什麼關係，我沒法知道。這封信已寫得很謹慎，沒有想令武野先生難堪，但是到底還隱含着某些令人驚異的事情。這的確是像極川端老師的作風。」

大正十四年，川端康成二十六歲，生活極感窮困。大正十五年（一九二六）六月，金星堂出版了他的處女短篇小說集《感情裝飾》（定價一元二十錢），在這一年以前川端一直沒有正常的收入。

這封信提及的《第二短篇集》，並不是單行本。當時川端在《文藝時代》寫「掌小說」（即短小說），每期數篇，集成一輯，冠以「第一、第二」字眼，以資識別。所謂《第二短篇集》即是指此而言。

川端在大正七年（一九一八）到昭和二年（一九二七）間，每年都到湯島溫泉的湯本館住宿，有時停留三個月，高興起來，甚至會住上半年。川端把自己門在房間裏，整整一日，面枱而坐。偶爾高興起來，也會出外散步。

湯本館老板的母親，十分喜歡川端康成。這老母親每做好餅點與小豆飯，都會叫女傭送給川端吃。那時的女傭，看不起川端，因此常發牢騷說——「幹嗎要待人這麼好！」這老母親還特意為川端康成做了一個特別牢靠燈芯絨的軟墊子，川端一路用了兩年，這才給磨破了。

大正十六年（一九二七），川端在《文藝時代》一月號與二月號上發表《伊豆之踊子》。據說，這篇小說便是在湯本館孕育寫成的。

《伊豆之踊子》一開頭便寫着——「二十歲的我、戴着高等學校的校帽，碎白點花紋衣服配上裙子、肩膊上揹着學生書包。這是獨個兒出發到伊豆旅行的第四日的事。」川端跟書中所描述的跟舞孃結伴同遊，是大正七年（一九一八）的事。由此可知，這故事在川端康成心中一路盤旋了八年，方才下筆。

正如前面說過，那時川端康成還未成名，長住湯本館，房租自然很成問題，因此川端在房租積壓到非交不可時，便迫得要回東京，向菊池寬告貸。菊池寬當時已是成了名的作家，一向很喜歡栽培後輩，川端常從他那兒借得三五十元，應付燃眉之急。昭和二年（一九二七），新感覺派同人橫光利一結婚，川端為參加這項婚宴，只好離開湯本館回到東京去，之後就一直留在東京長住了。

正在川端這樣缺乏金錢的環境下，文藝日本社寄來了十元，對川端來說，這不啻是久旱而逢甘露了。但是川端卻毅然拒絕出書，可見年青時代的川端是如何的氣盛了。

在信的末後，川端曾補上一筆，請武野不要再寄寫上金錢問題的明信片，這也證了川端是有很大的自卑感的。

說完這封信後，讓我們來看一看武野藤介這個人。在日本文學史上，武野藤介不是個不見經傳的人物。根據資料，武野是生於明治三十三年（一九〇〇），比川端年長一歲。距今十年前，因病逝世，享年六十七歲。

《讀賣週刊》的記者池田敦子，為了解武野的生平，特意拜訪住在武藏野市武野的遺孀籌枝女士。壽枝的房子門前還掛着「武野藤介」的木牌。

壽枝女士說：「我的丈夫，大概是文藝日本社的顧問吧。雖然也聽過川端先生的名字，我想他們並不十分相熟。我丈夫最好的朋友，應該是已經逝世了的加藤武雄。」

「這封信我已經想不起來了。我已經記不起什麼時候跟我丈夫結婚的，不過，這封信，也許是我結婚之前寄來的吧！」

「我結婚時，住在杉並區……」壽枝女士沉緬在過往的回憶裏，一邊想，一邊慢吞吞的說。

文學評論家岩谷大田，對武野藤介略有認識，他說：「與其說是作家，毋寧說是寫雜談的人更為貼切。《文士的側面裏面》這一本書，在昭和五年出版……他很熟悉文壇中的各式人物，社交範圍十分廣泛。」

跟武野有過數面之緣的作家楢崎勤說：「武野先生是地主的兒子，很有錢，沒有經濟困難，他以寫雜談為主，過着很愉快的生活。小說家岡田三郎從法國留學回國之後，在日本提倡法式短篇小說，武野受了影響：全盤承受過來。」

澤野久雄手邊藏有武野所寫的短小說集。他批評這本小說：「短小說者，用法國話來說，便是談話的意思。換言之，真正的短小說是具有詼諧意味的短話，武野先生卻在最後加以結尾，把短小說的意義完全顛倒過來介紹，我並不想責備武野先生，不過，日本人常把短小說這樣東西誤解了。」

從上述各人的談話看來，川端跟武野並不十分熟悉，然而，無妨這封信在文學史上的價值。

寫於七七年七月廿一日晨

原刊《號外》第十二期，一九七七年八月

水上勉父子相逢

水上勉這位日本有名的小說家，給人的印象一向是憂愁滿臉、心事盈懷的。但是，最近，這位五十八歲悲觀的作家，面孔上卻呈現了幾十年來難得一見的喜色，一碰着人，便搶着說話。跟他以前那種沉默寡言的作風，可說是有雲泥之別。

認識水上勉的人，都知道他近來有一件天大的喜事，那便是他跟隔別了三十四年的兒子窪島誠一郎氏，在最近重新見到了面。這件父子相逢的事，不獨對水上勉個人來說，有重大的意義，即使是愛護他的讀者，也深深地為此感到高興。因為他們預料得到，水上勉在碰到這樁喜事後，他的作品將不會渲染悲劇氣息，而對人生也不會再有所抱恨了。

說起來，真是奇怪得很，水上勉跟窪島誠一郎父子，在未見面之前，已經是心有靈犀一點通了。現在先說兩人的住所，都是在同一地區——世田谷區成城之內。水上勉住在六丁目，而誠一郎則住在九丁目，兩地相距僅七八分鐘的路程。另外，窪島誠一郎的結婚，跟水上勉所寫的小說《飢餓海峽》也很有關係。水上勉受到北海道雷電海岸景色的感動，寫成了這部小說，而窪島則因受到水上勉這部小說的吸引，出發到雷電海岸瀏覽，在那裏遇到了現在的妻子。同時，根據父子重聚之後，窪島誠一郎對記者的說話表示，他老早便喜歡讀水上勉的作品，因為一讀，便感到有無比的親切感。

窪島誠一郎，今年三十五歲，身高體重都很合規格，現在是澁谷一間畫廊的老板，生活過得很是寫意。窪島誠一郎跟水上勉的離合，頗富傳奇，現在我把手邊上所存有的資料，稍事簡化，略述如下。

水上勉跟誠一郎的離別，是在誠一郎兩歲的時候，當時正值戰爭，水上勉還未踏足文壇，正過着放浪的生活。誠一郎離開水上勉後，被住在世田谷區松原明大前的一位鞋匠窪島茂所收養，這正是昭和十八年（一九四三）的事。

誠一郎跟了窪島茂以後的生活，住在窪島茂附近的鐘錶店老板娘高橋正子這樣回想着說——「那時候，附近的人都約略知道窪島夫婦收養孩子的事，誠一郎這孩子很老成，性情很孤僻，不喜歡跟同學們玩耍。」

誠一郎在這種環境下，完成了他的中小學課程。到了高中時候，為了幫補家計，誠一郎便在咖啡店做臨時工，積蓄金錢，在二十一歲時，把明大前的房子改姓，開了一間叫做「塔」的小酒吧。另外，他又專研戲劇，創作小說與寫詩。

九年前，誠一郎帶着養父養母移居成城，於是便在「塔」的二樓，開設了可容納八十人的小型劇場，不停上演高水準的話劇。三年前，誠一郎又在澁谷開設畫廊，並且開始在雜誌上撰寫美術評論。

以目前誠一郎的成就來說，雖然算不上十分超卓，但是亦足可自給有餘。在最近的十年中，他不時想要訪尋生父。據誠一郎的友人表示，誠一郎的性格是非常個性化的，他愛好藝術，不願從俗，因而，他所開的畫廊，從不展出俗品。他所陳列的，都是一些富有藝術價值的畫，像松本竣介、野田英夫的，他便收集了很多。

水上勉父子的重逢，頗為曲折離奇。誠一郎有一位朋友朝日晃，是東京美術館事業課長，他對記者說——「當誠一郎知道他父親是水上勉時，他便打電話給我，他說『我的手顫抖着，雙肺浮動着，但是又不能不面對現實呀！』他於是寫信給水上勉，靜待回音。第一趟因為水上勉出外旅行，不能相見。再寫信去，今趟回信說請到輕井澤別墅來，於是他便飛車而往。」

就這樣，兩父子終於相見了。

窪島誠一郎一個相識超過十年以上的知心女友人說——「父子相見，當然十分高興，誠一郎見到水上勉時，這才發覺兩人的相貌十分相似，連他自己也感到奇怪。他們兩個人手牽手在輕井澤走夜路，同時還大聲地歌唱。後來他們又一塊兒進浴，十分快樂……誠一郎流着淚這樣說着。」

水上勉的好朋友本村光一氏說——「我在東京跟他們見了一面，這一趟有水上夫婦與誠一郎，我和我太太一共五個人。水上的左耳背有一個小孔，兩個女兒也有同樣的小孔，而誠一郎呢，細看之下，也有這樣的小孔。」

誠一郎在輕井澤住了一夜，便回到東京去。找到生父的誠一郎，在一夜之的確改變了許多，不過，他對朋友說——「不管怎樣，我還是窪島誠一郎。」

誠一郎的養父窪島茂，今年已經七十五歲，雙眼正患白內障，而養母初子亦正臥病於床，基於多年養育之恩，誠一郎當然不會對他們置之不理的。

今年一月，《群像》發表了水上勉的〈冬之一日〉，這裏面寫着：「受到嬰兒屍體困擾的女人，把屍體藏於旅行篋中，奔走了七日，最後在旅館中被捕——看到這新聞的『我』，不覺想起了三十二年前發生的事。」

所謂三十二年前的事，所指便正是兒子離開自己的事。

文藝評論家小松仲六認為誠一郎的出現，對水上勉以後的文藝創作，將會有極大的影響，他說——「水上將不會再寫那樣對人生抱有怨恨的作品了，而是會以透明的心境寫出人類的宿命。」

另一位文學評論家也表示：「今趟的父子相逢，將會擴展水上的文學幅度。」

水上勉老來得子，其喜悅之情，當更勝於獲頒文學獎了。

七七年八月廿三日下午

原刊《號外》第十三期，一九七七年九月

●水上勉

●水上勉《海の牙》

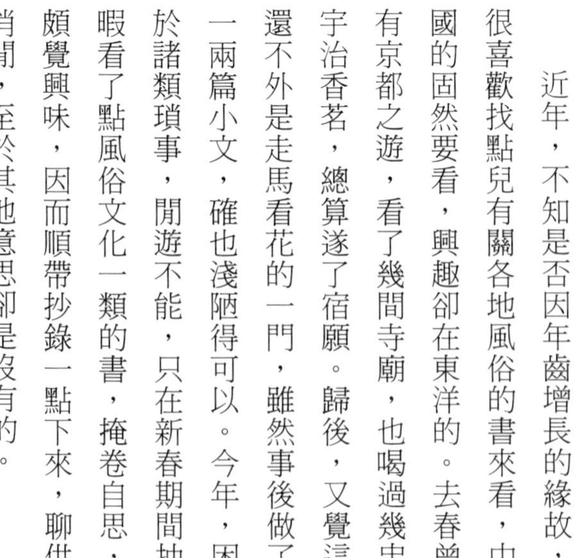

閒話

近年，不知是否因年齒增長的緣故，很喜歡找點兒有關各地風俗的書來看，中國的固然要看，興趣卻在東洋的。去春曾有京都之遊，看了幾間寺廟，也喝過幾盅宇治香茗，總算遂了宿願。歸後，又覺這還不外是走馬看花的一門，雖然事後做了一兩篇小文，確也淺陋得可以。今年，困於諸類瑣事，閒遊不能，只在新春期間抽暇看了點風俗文化一類的書，掩卷自思，頗覺興味，因而順帶抄錄一點下來，聊供消閒，至於其他意思卻是沒有的。

秋茄子

日俗云：「不與新嫁娘吃秋茄子」。

蓋秋茄子之味甘甚，多吃則會影響手握財政婆婆的家計也。這大概是地方上一般媳婦因仇視婆婆而流傳起來的訛言吧，想不到在東京也是有。高橋義孝編撰《東京故事物語》一書「風俗東京地圖」卷中以此事頗為婆婆開脫，其文曰：「查實也是相反，新娘多吃甜膩有着鐵質過量的茄子，則易患上下痢的毛病來，為避損害子宮，婆婆為着要對媳婦盡仁慈的告誡，便得不予其食。所謂『不與新嫁娘吃秋茄子』，當是誤傳；惟『要見孫子之面以前，不與其食茄子』之言，則是確實的。」這說法，依我看，當較前者為勝，因患了痢疾而損子宮影響生育，婆婆的反感乃是必然的；倚老賣老，禁其進食，在情理上也有說得過去之處。倒是開頭那句刻薄婆婆的話，使人感着其骨突，反過來把同情移向老輩的一方，而厭小輩的不敬了。這則秋茄子的故事，原也是風俗的一種，惟能觸及婆媳糾紛，趣味也就清新迥異極矣。其與下則所述三九之日吃茄子會有禍福之言，在意義上自另有一番分別耳。

仁丹

小時候，常服仁丹，蓋喜其味，苦中帶甘也。依照記憶所及，中國仁丹多屬褐黑色的方塊形，服時要用手掰，頗為不便，而東洋較勝，可省此麻煩。同卷中有「仁丹」項目一則，乃是說明仁丹名號之由來，意極佳，錄此足可供談佐。其文云——「明治三十八年，森下南陽堂販售仁丹；此堂前發賣『金雞麝香』及『毒滅』等花柳病藥，自有仁丹後，便即售此為業。仁丹之名源於漢學者藤澤南岳；仁者五常，三德之一也，有愛物之心，兼具慈惠，且能通人意。丹者即自煉藥起至以癒仁藥驅腹痛病之意……大正時代（距今約五十年前）嘗有仁丹格言，貼於各街衢之電信柱上，上錄日本人及外國人之名言以廣宣傳，可謂破天荒之舉焉。」做生意腦筋靈活如斯，怪不得仁丹迄今仍大行其道；問風俗而悉古今，民族學果值得吾等細味乎也！

藝妓

身處東京，心卻緬懷京都不已，尤其是去春曾躭過一宿的臨河逆旅，那擾亂清夢而不討人厭的絲竹聲，迄今仍歷歷於眼前，繞繞於耳也。操絲竹者，即目下東洋所稱之藝妓，江戶時代所謂女藝者是也。藝者本多屬一眾，有男操鼓曰男藝；嗣後女盛而男衰，藝者一名遂為女性尊有，對女性言，多少總帶點兒不敬之侮辱吧。

《東京故事物語》風俗卷中有述藝妓之源流，現抽譯剝製介紹如下——「藝者之始乃以寶曆四年（一七五四）起源於吉原遊廓之『廓芸者』為主流；一七六四年，明和年間，城中良家婦女有藝者因被禁出堂會助興，遂移往吉原外之岡場所遊里展艷幟，此便是與『廓藝者』對立之『町藝者』，因間亦有與行娼婦同樣之事而卒被禁。當時流行年輕之美少年，故藝者多衣羽織（外掛），矯裝成美男模樣，並按上『萬之助』，『染吉』等男性化之名字，此即『羽織藝者』也。自明治迄今，一般藝者尚持男性名者大率正是那時代之剩餘物。」

「藝者又稱一柱香，招妓時因欲決定價錢便以燃點一柱線香之時間作為計值標準。付予藝之費用統稱為『玉代』（或又稱『玉』或『花』者），故藝者又云『玉代』；藝者之下有雛妓曰『下地妓』，所得乃藝者之一半，故別名曰『半玉』（或又稱『御酌』）；御酌者，乃只是陪飲等的任務，責任遠較藝者為輕。」

藝者蓋長於曲藝，比方引其嚦嚦鶯喉來段「艷歌」云——「郎意欲迎妾，妾身那得行；行程五百里，風浪轉相驚」也是很值得陶醉之事，不過也僅限於陶醉則可以，逾之以迄沉迷，那就大告而不妙，殆反被風流誤矣。

神社之婚禮

近代日本的婚禮甚為簡便，大概到區役所填上一兩張表格，再稍等兩個禮拜，便可功德圓滿。新法婚禮頗有化繁成簡的好處，惟氣氛就遜矣。明治五年由岐阜縣帶頭行起來的神社俗家婚禮，至今仍執着於一般頭腦尚未被完全西化的青年心中，我想，這未始不正是東洋人頑固的可愛也。江戶時代，婚證早有明文法定，女家須得赴男家行體，而在養子，儀式則當擺在女家。惟明治五年因有山田三郎跟渡邊破天荒之舉，神社結婚遂如江海翻浪，一波緊接一波而起了。

神社結婚，證婚人自是掌神社之神官；後因婚事頻繁，便有料理店（酒館）伺機而立，招來神官為新人行禮；禮畢，即在飯堂設宴，由於方便之故，遂大行其道。神社方面眼見生意被剝奪，心有不甘，也便在社內事務所舉行宴會，與之對抗。這種商業化戰爭，今尚在持續，對於神明，真可謂極盡諷刺之能事矣。

福永武彥隨筆集

手邊有一卷福永武彥氏的隨筆集，題曰《遠方的回聲》，翻閱一過，覺得很有點意思，惟對題名則不甚了了。揭去篇末，有福永氏自撰的〈後記〉，中有一段云：「要為全篇題名真乃惱煩與吃力，好不容易才取得了『遠方的回聲』；蓋縱然是旅行也好，藝術作品之印象也好，主要還是想把心中響着來自遠方的回聲記下來而已。」看了才恍然大悟福永氏正是要留此「鴻爪」作回憶之鈴聲故也。

這本集子一共分成「旅」、「心」、「眼耳」、「日常茶飯」、「四個展覽會」、「四幅圖畫」、「四齣電影」、「四種音樂」八卷，每卷附有五六小節不等。寫的體裁大率可以「小品」稱之，而筆法方面，則是詼諧清峻兼而有之耳，這兒舉一兩個小例，爰作小介。卷四有「我與外國語」一節記其學外國語一事無成之經過，饒有趣意，姑且抽譯如下——「語學在我很覺趣味，然而這不是現在的事兒。此刻趣味已變，大抵以不用勞力為最宜。但是打從學生時代起，奇妙地卻有沉迷於語學之癖好，長者二年，短則半年左右，大抵俟有了眉目便覺厭倦之事一直在循環反覆不已。」於是乎從俄語起，迄德語，挪威語，希臘語為止，胡亂學了一通；接着「出了大學之門，治事於日意協會，不得不讀意文，又拼命讀法譯，好不容易走到但丁《神曲》之『煉獄』，卻不能鑽進『天國』之門……去年忽起一念，此次決試讀古代埃及語；惟購之文法書太厚，不知何時已成了午睡時之枕頭了。」自謔自笑，其樂何如。至於「清峻」，卷一「京之雪」也有好句可作例——「乘出版社之車，往洛北（京都之北）圓通寺看雪。途中之深泥池薄冰佈滿，枯蘆迎風飄曳，首先令我感動……庭院全是雪，枯山水（日本庭園樣式的一種）與青苔皆付闕如，而杜鵑與紅葉亦不見影跡；雖是四季中最呆板的一副面顏，雪中之庭院亦具庭之本質那樣的東西；惟這風流卻有些過於寒冽了。」福永氏還有一卷叫《別之歌》的隨筆集，可惜不曾入手，此處不能介紹，實足憾矣。

「門松」的由來

歲末，每到一處，都見屋簷下或門前插着一兩枝松枝。問友人，才知道這是「門松」，乃是年中行事的一種。牧田茂在《神與祭禮與日本人》（神と祭りと日本人）中對「門松」有如下的說法——「要講正月的事，那非提『門松』不可。平日登載十分進步意見的報館及放送局（電視台等）的前門，一屆歲末，都置有異常壯觀的『門松』，就算是官家辦公廳吧，亦會擺置着東京附近松枝添附小竹，其末籠以木根的『門松』便甚夥，惟一般人家用拔了根之松枝則較普通。『門松』之起源據說是正親町天皇時代，因欲隱敝天皇所御幸之通路一帶民家垃圾的房舍才開始派上用場，這雖是進步派歷史學者的說法，惟這一年一年度之事竟成了年中行事而普及全國是沒有什麼可能的。」

「『門松』是正月之神的附體（即神憑）。這一點，不會有錯。日本之神祇出現雖有各種不同的方式，其中最著者，乃是置立『柱』與『棒』，藉此招來神靈。在神社中這類例子便不勝枚舉，伊勢神宮正殿之空間下置立着的『心之御柱』和諏訪大社之『御柱』即是二例。」

「以前的人都認為正月之神亦是附身於『門松』降臨於家家戶戶的。大約是歲末之十三日或二十日，最遲約是二十八或二十九日左右，人們便往山中取『門松』，這普通雖稱作『迎松』，但在茨城縣久慈郡附近則叫做『迎正月神』，正月神又叫作歲神。」以棒與柱作為膜拜的對象，正是東洋宗教上的一種特色，柳田國男稱之為「神人和融的狀態」，可以感情來體驗，卻不能求諸於唯理，蓋任之，則易落理障，離東洋精神更遠也，不佞之見，亦復如是。

原刊《大任》第二十六期，一九七六年三月十八日

貓怪

日本德島縣阿南市伊島町，周圍十六公里，面積約三平方公里，島小人疏，居民自戰後，因圖都市繁華，相應銳減，而今只剩下百來戶人家，人口不逾四百。這島上流行着一句膾炙人口的諺語——「人只要一走動，即可遇貓輩」，可見貓輩的橫行已達為害的階段也。

島上居民因要防範這些年繁殖驚人的貓輩，出門時皆採取武裝自己的做法，那便是身穿長衣褲，布質盡量採用厚布料如嗶嘰一類，袋裏塞滿小石塊，準備一俟遇了貓兒，便來先發制人地加以攻擊。倘在夜裏，因要防貓輩藏身田畦，乘夜進襲，居民只好捨傳統燈籠不用，改持現代手電筒照明。萬一貓輩不識好歹，硬殼電手筒柄往往可以發揮一物二用的效能，以之作「敲打」貓輩的武器。唯是貓多人少，弱焉能抵強?「螳螂擋車」，更增貓輩的憤怒，於是乎「一呼百諾」侵入以漁網覆蓋的居處，將簡陋的傢具搗個稀爛，甚至把門窗咬壞，以示於人「吾輩不可欺也」。這連串瘋狂行動，雖然加深了人貓間的仇恨，但忙於作活的島民深明時不予我的道理，除了在衣袋裏塞石子，以手電筒來作武器，或者是用漁網來掩護家居外，所能表示氣忿難平的，頂多也是三兩句粗言穢語罷了。不過這聽在身長六十吋，體重七八公斤的貓輩耳朵裏，無疑是白費氣力也。

柳田國男所著《遠野物語拾遺》卷一七四至一七六，所記述者皆為人貓仇恨的事。不佞對貓輩不若日本人仇讎之深，惟是觀風問俗，可助吾等對日本人之理解，故撮錄之。卷一七四意云——「遠野村有一戶人家曰川右平者，某冬夜，夫攜子往觀劇，家中留有妻一人獨倚爐房自理針線，其旁虎貓（貓之一種）忽作人語，轉述劇中情節，及畢囑妻勿張揚，夫歸來時，則憩睡如故。夫之棋友為成就院之和尚，見此貓於主人側，即憶起數月前有一狐伴與一虎貓舞於其庭院，倏忽不見之事，以此告知夫，相對駭然。和尚歸後，妻以怪事告夫。翌日，眾起床後，獨不見妻，夫入房催之，但見咽喉已被咬斷，而虎貓亦於此時匿其蹤耳。」

又卷一七五云——「明治期間，亦有類此之事。下組町之箱石某家之女，因產子而死，其子被女家收養。某夜，祖父如常抱於懷中入寢，天明，已失其蹤，視四周，發覺殆已死於客廳中。嗣後即發覺其為家貓所殺，欲持之見官，早不知去向。」鑑往知今，可見日本人之與貓輩間的仇恨，誠非自今日始，其由來久矣。

原刊《大任》第二十八期，一九七六年四月八日

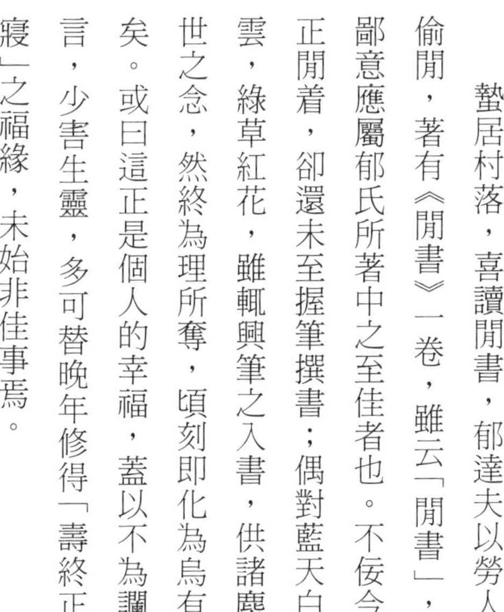

村讀

蟄居村落，喜讀閒書，郁達夫以勞人偷閒，著有《閒書》一卷，雖云「閒書」，鄙意應屬郁氏所著中之至佳者也。不佞今正閒着，卻還未至握筆撰書；偶對藍天白雲，綠草紅花，雖輒興筆之入書，供諸塵世之念，然終為理所奪，頃刻即化為烏有矣。或曰這正是個人的幸福，蓋以不為讕言，少害生靈，多可替晚年修得「壽終正寢」之福緣，未始非佳事焉。

書不寫，讀則不可免。鄙人書笥珍本殊匱乏，惟可讀破書殊不少，現檢近日讀得，聊敘所感，臚列於次，非有所月旦，亦非有所讚誦也。

張恨水小品文集

案頭置一小冊曰《張恨水小品文集》。書甚薄，厚不足一吋，頁不外八十有二，意佳甚，好書本不以厚薄辨其豐淺，是書可作外薄而內豐者例。其自序云——「三十三年夏、《新民報》出成都晚刊版，副刊作出師表，既連載予之小說矣，同文復囑予多撰短文以充篇幅。在予拉雜補白，雖記者生活已習慣之，而苦佳題無出，即有佳題，亦恐言之而未能適當。無已，乃就眼前小事物，隨感隨書，題之曰山窗小品。山窗，措大家事也，小品，則不復欲登大雅之堂。如此云云，庶幾言者無罪。積之三月，共得四十餘篇。後以冬日漸短，時復多患小恙，遂中止之。而友好自成都來，輒以此稿為念。而三四出版家，且囑出單行本。然此種木頭小屑小文，乃有一顧價值乎？予頗疑之……」（下略）。序文寫得雖謙厚，但木頭小屑可成精品，張先生亦不必如斯自貶也。

全書捨序、跋外，計收五十六篇，其間寫景敘物有之，抒懷感慨有之，拉扯閒談亦有之。鄙人繙讀一過，所得印象皆美好，難以月旦其非是，茲引五十五回目「杜鵑花」，以見其風格；文云——「素知蘇揚人士，亦玩杜鵑盆景，尚白，紅則視寫凡品，於朔方嚴寒中，得杜鵑白者，甯非珍中之珍，富貴之家，何求不得？錢多，則以反常寫樂，使其亦與予同住此寒谷中，諒必以玉盆供燕地黃芽白也。」第一回目「短案」云——「未入鄉時，曾於破貨攤上，以法幣三角，購得燒料之淺紫小花瓶。瓶未遭何不幸，隨余五年於茲。在鄉採得野花，常納水於瓶，供之筆硯叢中。花有時得嬌艷者，在綠葉油油中，若作淺笑。余擲筆小思，每為之相對粲然。初未計花笑余案之雜亂，抑笑主人之猶能風雅也……筆者按：校閱此稿日，隔時又一易裘葛。瓶為少女碎，已數月矣。為之惘然。」此兩則都可列入寫景敘物，抒懷感傷之類，文意很好，惟較諸五十四回目「果盤」又似小遜焉。其文云——「居蜀，花且少插，遑論供果。偶以水果四五，置書架碟中，群兒目灼灼如桃下之東方朔。拒予之，良不忍。則另購數枚分之。或外出，果去其一二，碟中不成章法，乃亟補之。但一疏忽，又去其一二，隨補隨缺，供輒不能終日。予或臉帶慍色，內子即在旁強笑。予深知果之所以缺，必嚴令群兒勿動，非難行，山居固少糕餌，置此以誘之，又不令親近，是虛政也。於是摒水果不供。」世人多重張氏小說如《啼笑因緣》者，獨於其散文，反多疏忽，此或可謂張氏之不幸耶！此則稍露張氏對小童心理理解之深，又豈是一般俗文學作家如馮玉奇者所能望其脊背哉？

坪田讓治童話集

現代東洋人素重兒童心理，大正時代，童話作家輩出，如鈴木三重吉、秋田雨雀者是。近人新美南吉、坪田讓治，成績斐然，並為瑜亮。手邊藏有《坪田讓治童話集》一卷，錄童話十六，並論文〈為兒童的文學〉，一計共十七則。〈為兒童的文學〉雖曰論文，其意甚好，用筆亦淺，蓋以對象為兒童故也，文頗佔篇幅，現節錄一二要點，俾以觀得坪田氏之個人主張也。

其文云——「童話者，該是讀時有趣而又實用的東西也。真的童話，好的童話者，便是如此。然則，因何有趣？蓋以你等所欲做之事，在故事中已做好了之緣故也。舉例言之，你等到無人島，在那兒生活，想做島之王，那便跟有名的《魯濱遜飄流記》所寫的一模一樣。童話在某種意義上言，猶如玩具。為了小女孩子們能像母親一樣地燒飯煮菜，便有用作煮飯的玩具。疼愛保護孩子，就有了可愛的洋娃娃。易言之，童話乃人生之玩具也。」

坪田氏的童話，不佞所讀過的，也僅是以本書十六則為限，所知固之然少，使發乎理論，實有淪於「畫虎不類」之虞。無已，只好借波多野完治氏的說話來權作索引，此文附於原書末頁，編集人員肯以此陪列末席，分量輕重諒可想見耳。文云——「把日本之童話文學作一大區分，可有舊派與新派二大類。舊派以岩谷小波及其一派為中心，新派則指鈴木三重吉的『赤鳥』（鈴木氏所創立之童話雜誌）以後的童話而言。正確說來，童話是由新派開始才有的……新派童話中，始創者鈴木三重吉，所作童話現已所遺無幾。他所寫的全是『再話』；換言之，即是把日本與及國外的名作，以自己的文章來修改再寫，傳留日本兒童。至於日本人自己創作的童話，乃是由鈴木三重吉所培養的人發端起來的……坪田讓治舉出創作童話的長老，有如下三人：島崎藤村、小川未明、濱田廣介……」坪田讓治兼此三家之長，融滙貫通，遂成一大家。波多野氏又云——「讓治童話把新派長老之特長悉據為己有，而鄉愁特重，可稱偉大完整的綜合文學。讓治童話並不單純是兒童讀物，亦為大人所愛讀者……富有藝術性的讓治童話，約可分為如下四類——

（一）生活童話——以善太、三平等人物作中心，描寫正太、金太郎與及其他孩子的生活狀況。作為生活童話的讓治童話底特質乃在於孩子的空想，像坪田氏那樣多寫孩子空想的作家並不多也。

（二）有關老人——這是描寫大人的童話。既寫大人，何能會成童話呢？這是有趣的問題；坪田讓治一邊寫着大人的現實生活，一邊又能成功地創造出童話的氣氛來也。

（三）回想——這是作者童年時代的回憶，內中鄉愁遍紙。

（四）民俗童話——坪田讓治氏亦有把民俗靈話再寫者，自有古舊民話留存的出雲、固防等地起，柳田學派便精心採集各類故事，坪田氏即以此作範本改寫供諸幼學。」

提起柳田學派，不免又要想起《遠野物語》來，以前在其他文章裏許多時都說及了的，可是總沒好好介紹過，此書豐富可以，非有充足時間，固定長篇幅，不可介紹也。

赤鳥傑作集

大正七年七月，鈴木三重吉創立《赤鳥》月刊，開童話盛於東洋之先河。《赤鳥傑作集》命為「赤鳥」，與鈴木氏似已成隔教，其間雖懸有某種血統淵源，此赤鳥亦非彼赤鳥耳。是書體制分前中後三期，計收童話凡三十二則，予之興趣所在乃介於其間之童謠而已。得要聲明，此舉殊非抑童話而揚童謠，僅是童謠好比甘果，啖一口而齒縫迄今仍香也。

童謠編卷一分列「北原白秋」與「西條八十」兩編，現各錄一首。其一乃北原氏之作，題曰「紅鳥小鳥」，謠云——「紅鳥、小鳥、因何因何成紅，啖紅果實。白鳥、小鳥、因何因何成白，啖白果實。青鳥、小鳥、因何因何成青，啖青果實。」其二為西條氏之作，題曰「鉛筆之心」，謠云——「鉛筆之心，愈來愈尖細，削呀削、愈來愈尖細。比月牙兒還要細，比蘆葦之穗還要細，比燕子腳還要細，比褲之紋條兒還要細，比朝雨還要細，比豌豆之蔓還要細，比螽蜥的鬍子還要細，一路到香爐的煙也消去。鉛筆之心，愈來愈尖細，削呀削，愈來愈尖細。」卷二有作家二十三人，收作品四十則，篇幅所限，不再贅引了。

原刊《大任》第二十五期，一九七六年三月十一日

庸人隨筆

病

「英雄獨怕病來磨」，任憑你氣壯山河，病魔來擾，仍舊要折腰。

活了三十年，尚幸沒遇到過大病，只有在日本時期因腰病，要到伊東山上療養，算是最不得了的毛病。不過，在記憶中，這也沒留下什麼可怕與痛苦。

說大病，應該是跟開刀脫不開關係的。自己雖然沒有躺過手術床，給醫生的剪刀在身體上巡戈，卻有過陪人進院、替他分擔苦痛的經驗。直覺上，這是人生除去死亡，最最不幸的事。

「病時才知健康的快樂」，日本人常把這句話掛在嘴邊，朋友碰面，無論什麼場合，劈頭一句必然是「你元氣嗎」（元氣者，精神之謂）？如果答以「元氣」，對方就會綻起快慰笑容。咱們朋友相遇，也許會問上一句「你好」，可是「好」，包括了很多其他方面的意思，比如「生意好」者便是，「身體好」反而無關重要了。

談到病，不期然想起三年前翻譯過的一篇上林曉的文章，裏面談到受病折磨的經驗云——「身為長期病人，絕無悲泣、黯然，亦無悲觀心情。由於是私小說作家，所撰小說之中，便有描述中風筆墨，惟卻無抱怨之言。」上林曉是日本老作家，因中風，長年輾轉在床，吃飯如廁都得由人攙扶照料，完全失去行動自由的樂趣，惟仍能寫作不輟，僅是這份樂觀，就非普通患病的人所能及。

這文章的結尾寫及患病的樂趣，令人讀來，無法不感服上林氏的樂觀，惟我輩常人，大概只有感服而無法去學習的吧！

病，說實在的，還是每個人提起都恐懼的。

盂蘭節

有三年的盂蘭節在東京渡過，能留下印象的，僅是昭和四十八年（一九七三年）

的七月十四夜。

我從不知道日本也流行盂蘭節。第一年，家居隔壁那對老夫婦在自己屋門外焚燒衣紙，看來奇怪，一問，方知是祭祀亡魂。這亡魂並不是家鬼，而是路魂。老爺爺對我說，路魂是流離失所的幽靈，無家可歸，又沒錢可用，所以每年陰曆七月，循例要燒點衣紙給他們，一來是祭魂，二來也好求個保平安。

第二年，我已認識了薰子，盂蘭節的晚上，她約我到她家喝酒。薰子是奈良人，三年前上京，在一間小酒館當女侍，光顧多了，大家便相熟起來。她跪在廊下，看着遊弋在溪水上的紙船對我說：「這裏面載着亡魂。」

我問：「你怎會知道這裏面有亡魂？」

薰子呷口酒說：「每到七月，所有的鬼魂都會走出來浪蕩，到十四號晚上，是他們入關的日子，我循例摺紙船，讓他們有個安頓之所。」

我所看到的紙船，船尾部分還點有蠟燭，燭光搖曳，在暗淡的月色底下，更添淒迷。

「這紙船會流到什麼地方去呢？」我好奇地問。

「誰知道？」燕子眉毛一揚：「說不定有一天我也會躺在紙船上面呢！」

說這話時的薰子，年僅二十一。越一年，薰子意外身亡，遺體運葬奈良故鄉。第三年的盂蘭節，我親到她的故家，把預早摺好的紙船，放在那條溪水上，任由晚風吹它飄向遠方。

庸

「庸人自有庸人福」，我相信這句話。

自古以來，天才沒幾個好活的，證諸歷史，更是斯言不謬。

人無追求，但求自得，又怎會不樂呢！樂者，福也。有福，即使不是什麼長才，也無關宏旨，這總比惡活的好。

我甘願為庸人，而且以庸人為樂。雖然，在過去的歲月中，我曾嘗試把自己塑造成一個不平凡的人，甚至貼切一點來說，想要將自己化裝成一個超人。但是，當現實的毒爪，把我抓得遍體鱗傷，人情的冷酷，打得我滿身鮮血。我立即便驚覺到，自己原來並沒有成為超人的長才，過往的，只是個人的幻夢與憧憬。

夢畢竟是要醒的。庸人又有什麼不好呢？

至少，我能取得一份應該屬於我的清閒。我有我的生活程序與方式，沒有人能支配我，沒有人能命令我。比起超人，他們的一切，都得俯仰由人，沒半點自由，沒一點快樂，我實在幸福多了。

七八年八月二十二日夜

原刊《當代文藝》第一五四期，一九七八年九月

淺談日本女性

近日翻看知堂老人翻譯的《古事記》，裏面提到天照大神統治天地萬物，便覺得很是有趣，因為從不會想像到日本開國之初，操主宰權的竟然會是一個女性也。雖然《古事記》記載的也不外是一些神話，其真實性自有存疑，卻也讓我們了解到日本本身曾是一個以母性為主的社會，其女性日後受到諸種不平等的對待，乃是因為有了人為專制政治的壓逼，有以致此者也。

有關日本女性受壓逼，在紫式部所撰的《源氏物語》裏面，便有很好的描述。最近人民文學出版社出版了豐子愷先生所譯的《源氏物語》，其序文裏，有下面這樣的幾句話——「作者以源氏為中心，寫出源氏上下三代人對婦女的摧殘。源氏的父皇玩弄了更衣，由於她身份寒微，在宮中備受冷落，最後屈死於權力鬥爭之中。源氏依仗自己的權勢，糟踏了不少婦女，他半夜冒然闖進地方官夫人空蟬居室，沾污了這個有夫之婦。他踐踏了出身低賤的夕顏的愛情，使她鬱鬱死去。他看見繼母藤壺肖似自己的母親，由思慕進而同她通奸。他闖入家道中落的摘末花的內室調戲她，發現她長相醜陋，又加以奚落。此外，他對紫姬、明石姬等許不同身份的女子，也都大體如此。」日本古代婦女受壓逼凌辱的命運，大抵《源氏物語》也已反映了八九分。此外，《更級日記》亦可反映一二，以補不足。只不過飛鳥平安兩朝，女性雖飽經憂患，或為男性玩物，卻仍被准許擁有若干程度自由，伊等可以吟詩寫句（俳句），而美衣華服、山珍海錯，亦不虞匱乏。這種有限度的優惠，一到室町時代，就被好戰橫蠻的武士所掠奪，女性自此變成低等動物，她們被要求絕對地順從男性，成為男性洩慾虐待的對象。

室町時代的遺風，一直到廿世紀的今日仍未消除殆盡，在日本的書店裏，仍可買到指導男性如何虐待女性的書籍，最普遍的莫如「綑綁」一類的攝影集。鮮艷的彩照上，肌膚嫩白的少女，被人用粗大的麻繩牢牢地綁吊起來，嫩膚經不起綑綁，賁起肉塊，令人慘不忍睹。然日本男性則視此為女性的極樂反應，另外在「日活」攝製的粉紅電影裏，女主角永遠都是被安排在受難的地位上。即使不遭強暴，亦會遇到毆打，這多少總可反映出現代日本女性在這個社會裏，究竟處於何種的地位。

六十年代，香港的紐約戲院常放映日本電影，其中以綠魔子跟梅宮辰夫主演的佔去大多數。這類電影，大抵都有一個公式，便是男的吃軟飯，女的賣肉奉養他，結果是男的另結新歡，女的則默默承受。當時我並不了解電影背後的真意，到日本讀書後，方始明白日本男性即使搞娛樂事業，仍不忘虐待女性以遂快慾。

撇開綠魔子的電影不談，即便是大師級的電影，像小津安二郎的《東京物語》，塑造的理想女性則子，便是一個永不埋怨，不讓別人察覺伊的痛苦，溫柔謙讓的女性。為什麼伊要永不埋怨？為什麼不要讓別人察覺伊的痛苦？這就是室町遺風在作祟，要讓女性永遠給踩在男性的腳底下。可以這樣說，日本電影裏的女性，一路下來都是受欺凌於男性，只是每個導演表現手法有所不同而已，有的愛以暴力出之，鞭打踢踩，無所不用其極；有的則以曲筆寫之，似是同情，實則暗含欺侮，異途實是同歸。

日本女性的社會地位略有改觀，當始於六十年代末期。西風東漸，明治維新的努力，至此才得開花結果。連帶下來，電影裏面的女性形象，也有了很大的修正，像晚近東映所攝的《女番長》片集，寫幾個少女團結一起，抵抗黑勢力，雖曰胡鬧搗事，卻體現出女性地位的由弱轉強，公然跟男性抗衡。

改編自松本清張原著小說的《霧之旗》，山口百惠飾演的柳田桐子，為了要為兄長報仇，不惜犧牲貞操，置大塚律師於身敗名裂的地步，正好表明現代日本電影裏的女性地位有極明顯的轉變，雖然若干日本電影仍然執拗地要陷女性於男性凌辱的魔掌上。

在實際生活裏，日本女性也要比十年前堅強得多了，至少她們已能鼓起勇氣跟夜歸的丈夫吵上一架，進而杯葛酗酒的丈夫，甚至一氣之下，離家出走。雖然到頭來，仍會屈服於丈夫的威勢底下，做她們不願做的事。然而，單是這一點，已足令我敬佩，因為這到底是象徵了日本女性大翻身的開始也。

一九八一年六月二日夜

原刊《電影雙周刊》第六十二期，一九八一年六月十一日

第三輯

只有男人的中日早期電影

日本明治時代大文豪永井荷風在《濹東綺譚》曾經提起過電影東傳的情形，其文云：「我幾乎就不曾看過活動寫真（即電影）。照記憶所及，那大概是明治三十年（一八九七）左右吧，我曾經在神田錦町的錦輝會場，看過描寫三藩市街道風貌的影片。所謂活動寫真這樣的稱呼，恐怕就是在那時期定下的吧！」此外，據筈見恆夫編著的《寫真映畫百年史》卷一云：「我國始有電影，時在明治二十九年（一八九六）……，翌年（一八九七），又有攝影機隨電影輸入，三越寫真部與柴田常吉即以此拍攝成《銀座街》、《藝伎的手舞》（芸者の手踊り）與《銀座街》，不過由於攝影技術不佳，顯得頗為粗糙。三十二年（一八九九），柴田常吉拍《紅葉狩》，以紀錄九代目（九代目、即第九傳之謂）團十郎與五代目菊五郎在舞台上的演出。同年，日本第一部長篇戲劇電影《短槍強盜清水定吉》攝製成功。」可見在十九世紀末期，日本已有電影的攝製了。不過，這時期的電影，大抵匱乏設備與技術，成績並不理想。

一九一二年，日活電影公司成立，翌年廠址遷移至東京郊外的向島，大事發展電影事業。日活公司的攝製方針，一向以迎合時代為主，那時，日本文壇流行尾崎紅葉與德富蘆花的軟性小說，因此，日活便把尾崎與德富兩人的名著《金色夜叉》與《不如歸》搬上銀幕。

《金色夜叉》與《不如歸》的主角是立花貞二郎，他是日本電影史上有名的悲劇演員，善於表達哀怨的內心情感，《金色夜叉》與《不如歸》裏面的薄命紅顏，在他的悉心演出下，也就更為觀眾所同情了。一九一七年，立花與關根相偕離開了日活，代之而起的是山本嘉一、藤野秀夫、衣笠貞之助、島田嘉七、東猛夫與山泉嘉輔。其中尤以衣笠與山本，更是其中的翹楚。

如果說立花貞二郎是悲劇大師，那麼山本嘉一則可稱硬派導演而無愧。山本摒棄了過往電影中的「軟性」作風，改以演出描述諸侯間糾紛的電影，這種電影情節以剛猛見稱，與《金色夜叉》與《不如歸》，可謂判然有別。山本的名作是《乃木將軍》，惟受歡迎之程度，尚遜於立花。

一九一八年，日活為要推行海外市場，於是大量拍攝以外國小說為題材的電影。日活公司拍攝了托爾斯泰的名著《復活》，得到很好的反應，接着就拍攝了《西廂記》與《豹子頭林冲》。

《豹子頭林冲》攝於一九一九年，由衣笠貞之助、藤野秀夫與東猛夫主演，導演是小口忠。《西廂記》攝於一九二〇年，主角是藤野秀夫，導演是田中榮二。亦攝於同年，可是《西廂記》與《豹子頭林冲》並沒有帶來日活公司預期的期望，國內外都得不到任何的好評。日本的電影觀眾，尤其是女性觀眾，依然喜歡看《金色夜叉》這一類的新派悲劇，日活公司為了迎合觀眾，只好繼續拍攝下去。

綜觀明治末年至大正初期的日本電影，顯然有三個特色：其一、戲中無論男女人物，統由男性演員扮演；其二、軟性情節，即日本所謂新派悲劇，隱然佔據了日本電影的主流；其三、所攝電影皆是默片。

正當日活設廠於向島，大展拳腳之際，隔海的中國上海，亦在密鑼緊鼓地開始攝製第一部劇情電影。跟日本一模一樣，中國有電影的輸入，是始於一八九六年（清光

● 田中榮二導演的《西廂記》劇照

● 小口忠導演的《豹子頭林冲》劇照

緒二十二年）。這一年的八月十一日，上海徐園內的「又一村」放映了西洋影戲，這是我國放映電影之始。嗣後，徐園即屢有電影放映。徐園所放映的多為法國片，通常都是加插在「戲法」、「焰火」等遊藝節目中放映來藉此助興，可見當時西洋影戲僅是初露頭角，並未普遍深入民間。

上海當年是中國財經中心，人文薈萃之地，一切自西洋輸入的新奇事物，無一不先求在上海站穩陣腳，再謀進展，美法電影既已能立足，於是其他各國的冒險家，亦無不爭先恐後，攜片趕來上海鑽營。一八九八年，有西班牙商人加倫白克到上海，先後在福州路昇平茶樓、虹口乍浦路跑冰場和湖北路金谷香番菜館客堂內放映電影，後因營業欠佳，遂將放映機及影片悉數轉讓於另一西班牙商人雷瑪斯。雷瑪斯的生意頭腦頗為靈活，接辦了加倫白克的生意後，即大事革新，除盡量購入新片以外，還請來幾個身穿彩衣的吹鼓手，站在福州路青蓮閣門口，敲鑼打鼓，招徠顧客。一九〇八年，雷瑪斯見電影事業漸有可為，於是便在虹口海寧路乍浦路口，用鉛皮、鐵皮搭了一座可容二百五十餘人的戲棚，美其名曰虹口大戲院，這是中國有電影院之始。虹口大戲院建成後，上海觀眾對電影的愛好，更趨熱烈，雷瑪斯有鑒及此，復斥資在海寧路北四川路修建了維多利亞影戲園。這所戲院裝飾較為富麗，虹口大戲院與之相比，便顯得寒酸了。

北京有電影的放映，稍後於上海。一九〇二年（清光緒二十八年），有一外國人帶了放映機與發電機到北京，在前門打磨廠的福壽堂放映。據一九二一年十一月一日北京出版的《電影週刊》上說：「影片內容，多係美人首旋轉微笑，或著花衣作蝴蝶舞以及黑人吃西瓜、腳踏賽跑車、馬由牆壁直上屋頂之類。」翌年，中國商人林祝三自歐美帶來影片與放映機，在打磨廠天樂茶園放映，這是中國人自運外國電影在國內放映之始。一九〇四年，慈禧太后七十大壽，英國駐北京公使獻呈放映機一架，並影片數套祝壽。孰料在御前放映時，磨電機發生爆裂，慈禧以為不祥，清宮遂禁映電影。一九〇五年，大臣端方出國考察回國，帶來簇新放映機一架。翌年於宴請載澤時，乘興放映，惟映至中途，機件爆炸，解畫員（按即當場口述翻譯電影情節者）何朝樺等人不幸遭炸死，清宮於是更鄙棄電影。但一般百姓對之興趣勃勃，於是電影放映在北京城內更趨蓬勃之象。不久，西單市場內的文明茶園和大柵欄的慶樂茶園也開始放映電影。稍後，東安市場的吉祥戲園、大柵欄的三慶園、西城新豐市場的和聲戲園等，也都陸續有了電影的放映。於是，電影放映遂逐漸遍及大江南北，深入民間矣。

一九〇五年（清光緒三十一年）秋，北京琉璃廠土地祠豐泰照像館首拍電影，這是中國人所拍的第一部電影，參與演出者為伶界大王譚鑫培。他是國劇老生表演藝術中「譚派」開山祖師，戲路極廣，文武崑亂，無所不能。陳彥衡《舊劇叢談》提到譚鑫培的技藝云：「集眾家之特長，成一人之絕藝，自有皮黃以來，譚氏一人而已。」豐泰照像館的老板名任景豐，瀋陽人，年青時曾在日本學過照相技術，歸國後於一八九二年開設豐泰照相館；後又兼營西藥房、中藥鋪；後更在前門外大柵欄經營大觀樓影戲院。任景豐頭腦頗新，正和當時一般知識分子一樣，鑒於外國電影充斥市面，實有自製電影之必要，於是自德商祁羅孚洋行，買入法國製造的木殼手搖攝影機一架，並膠片十四卷，開拍由譚鑫培主演的《定軍山》裏「請纓」、「舞刀」與「交鋒」等片斷。拍攝工作是在豐泰照像館中院的露天廣場上進行，由攝影師劉仲倫統籌其事，前後拍了三日，共拍成影片三本。據傳譚鑫培同一年上還拍攝過《長板坡》的片斷。

日本跟中國雖然是在同期有了電影的輸入，而且開始拍電影時，亦同樣以紀錄舞台劇為主。然而，在時間上劃分，則日本的《紅葉狩》攝於一八九七年，要比中國豐泰照像館在一九〇五年所攝的《定軍山》，早了八年。

前面說過，上海在一九一三年開始攝製中國第一部劇情片，這部無聲電影便是《難夫難妻》（又名《洞房花燭》）。《難夫難妻》是新民公司的出品，新民公司的老闆

● 譚鑫培主演的《定軍山》

有三個人，他們便是張石川、鄭正秋與杜俊初。鄭正秋是潮州人，早期受過西洋文明的洗禮，對清末的腐敗風氣甚為不滿，後來便分別在《民權報》與《中華民報》上撰寫劇評，主張用戲劇作為改革社會的工具。張石川是浙江寧波人，遇事心直口快，辦事亦很急進。在未組新民公司之前，任職洋行買辦，由於平日接觸者多是洋人，思想因而頗為洋化。張石川醉心戲劇，鄭正秋是志同道合的好友，兩個人跟杜俊初談妥細則之後，便由鄭正秋編寫《難夫難妻》的劇本，由鄭張兩人聯合導演。《難夫難妻》的演員，都由男性擔任，這一點跟明治末年大正初期的日本影壇如出一轍。

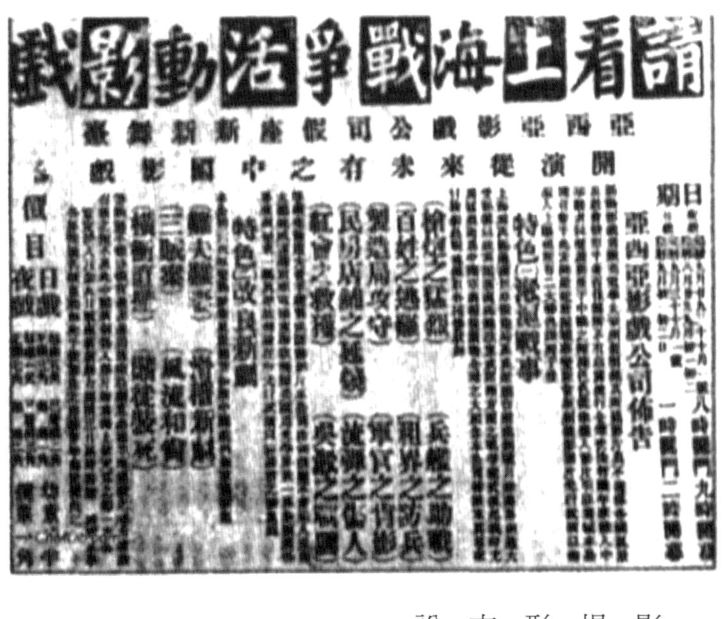

請看上海戰爭活動影戲

亞西亞影戲公司假座新新舞臺

開演從來未有之中國影戲

● 一九一三年《難夫難妻》電影海報

綜合言之，中、日初期所拍攝的電影，在內容方面，頗有雷同之點，比方宣揚愛情悲劇，賺人熱淚，即其一例。至於形式方面，除去背景不同外，演出方面，亦無多大差別，例如演員全部男性，更可說是一種巧合。

取材自《大任》發表連載專輯《中日電影之發展》之一、之二第四十一、四十二期，一九七七年四月、五月，現經作者改寫

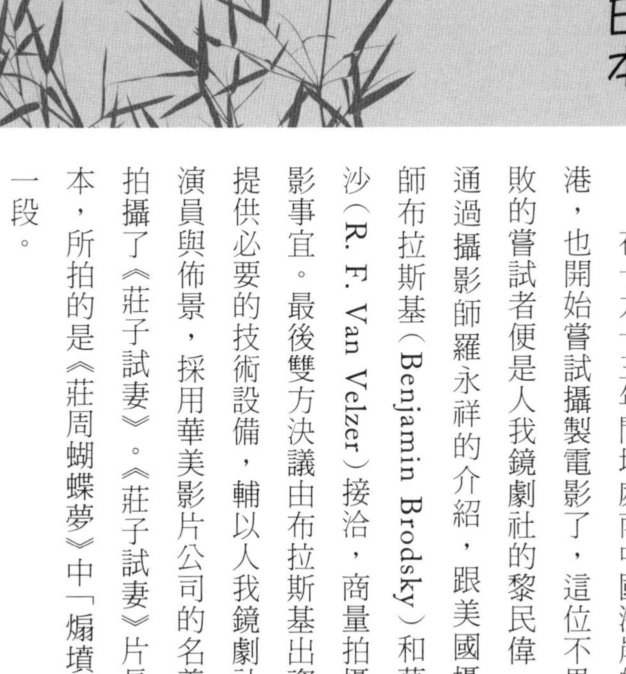

從《莊子試妻》說到日本第一代女演員

在一九一三年間地處南中國海岸的香港，也開始嘗試攝製電影了，這位不畏失敗的嘗試者便是人我鏡劇社的黎民偉。他通過攝影師羅永祥的介紹，跟美國攝影師布拉斯基（Benjamin Brodsky）和萬維沙（R. F. Van Velzer）接洽，商量拍攝電影事宜。最後雙方決議由布拉斯基出資並提供必要的技術設備，輔以人我鏡劇社的演員與佈景，採用華美影片公司的名義，拍攝了《莊子試妻》。《莊子試妻》片長二本，所拍的是《莊周蝴蝶夢》中「煽墳」的一段。

《莊子試妻》是由黎民偉自己編劇，同時還反串片中女主角莊子之妻。黎民偉的妻子嚴珊珊扮演煽墳的使女一角。嚴珊

●《莊子試妻》黎民偉反串片中女主角莊子之妻

珊雖然不是這部影片的女主角，卻是中國電影史上第一位女演員。《莊子試妻》拍成後，試映效果甚好，於是黎民偉對拍攝電影的興趣更大，奠定了日後開設民新影片公司的初步基礎。《莊子試妻》與一九〇九年拍攝的《偷燒雞》等短片，後由布拉斯基攜回美國，這是中國電影最早攜往美國放映的。

前面說過，日本早期的電影，其演出者清一色都是男性。初時他們通過化粧術，躍現在銀幕上，還不顯眼，可是時日一久，毛病就出現了。原來，日本初期的電影，全由男性擔綱演出之風，實在是歌舞伎舊習的衍展，但是歌舞伎是舞台劇，台上演員跟台下觀眾保持有一定距離，男扮女裝，不易為觀眾看出破綻。電影可不同了，距離不消說是拉近，而且電影鏡頭避不開「特寫」，於是男扮女裝就顯得有點不倫不類。拍古裝片還可以應付過去，一旦遇到時裝片，就顯得無所遁形，於是到了大正七年（一九一八），電影界裏就有人喊出「起用女角」的口號來了。

一九一八年，影界人物歸山教正首先點燃起「起用女角」的火焰，跟着新劇界的青山杉作、村田實、近藤伊與吉、花柳春美等亦附和其說，共創「映畫藝術協會」，「起用女角」的風潮，遂在整個電影界中亢揚起來。

「映畫藝術協會」為了要言行一致，在宣言甫提出了後，立即着手拍了兩部有女角參與演出的電影，那便是《生命的光輝》（生の輝き）和《隱居深山的少女》（深山の乙女），均同時於一九一九年中拍攝。《隱居深山的少女》全片在日本深山拍外景，藉湖光山色的自然景象，襯托出男女間純情的羅曼史，富有外國電影的情趣。《生命的光輝》則格調完全不同，內容側重描寫社會問題。從「映畫藝術協會」的頭兩部作品來看，這時期的日本電影，已漸有脫離新派悲劇的傾向了。

在未拍攝這兩部格調跟以前迥異的電影時，「映畫藝術協會」的成員都顯得躊躇滿志，孰料俟拍竣公演，各方都投以極冷淡的反應。雖然尚未至「惡評如潮」的地步，

●《隱居深山的少女》劇照

對協會來說，卻是莫大的打擊。

有人認為，協會這兩部電影的失敗，其因非在「起用女角」，而是協會的成員過於熱中西方電影的攝製技巧，盲目模仿，遭致惡果。事實上，大正初期一般的電影觀眾，雖然已經受過明治維新的西洋文化洗禮，大部分觀眾的意識形態，依舊停留在新派悲情戲的範疇中。在此等陳舊思想未曾祛除之際，便提倡拍攝純情羅曼史，或者是貶斥社會問題的電影，那自然是不能為觀眾所接受的。

「映畫藝術協會」在挨過這記悶棍後，雄心壯志頓時受了挫折，只是常言說得好，「有人辭官歸故里，有人漏夜趕科場」，你洗手不幹，還是有人不怕失敗，接下你手上的棒子。一九二〇年，大正活映的成立，多少正包含着這種意味在內。

大正活映的製作部，在橫濱山下町築起了攝影棚，標榜拍攝電影劇，承接了協會的脉搏。大正活映的成立，有三件事是值得一提的。第一、它不惜重金聘請了栗原喜三郎作為基本導演，統籌所有拍攝事宜。栗原曾經在美國片場工作過，對電影有着很深刻的認識，從他有着一個叫做「湯瑪士」的洋名字看來，就可以知道他是如何的迷戀洋化了。第二、大正活映聘請了日後成為大作家的谷崎潤一郎，他接受聘請時，還只有三十四歲。翻查谷崎年譜大正九年（一九二〇）項下（年譜根據角川文庫本，一九七六年十二月版）有云：「一月，〈鮫〉發表於《中央公論》。四月，〈藝術一家言〉發表於《改造》。五月，大正活映株式會社（橫濱）創立，被聘為劇本顧問。六月，編處女劇本作《業餘俱樂部》，七、八兩月間進行拍攝。十一月，於有樂座公映。接着又改編泉鏡花原著之《葛飾砂子》。」足見谷崎潤一郎對當時的大正活映公司是抱有極大期望的。第三、大正活映放棄延攬已成名的明星，改以培養新人為主，訓練了岡田時彥、葉山三千子與上山珊瑚等「明日之星」。

以上種種的部署，很明顯的表示出大正活映製片方針，是要在承繼藝術協會的既定方針之餘，在某種程度下，還要作出盡可能的更嶄新的改革。大正活映第一部電影就是谷崎潤一郎所編的《業餘俱樂部》，接着便是改編自泉鏡花原著的《葛飾砂子》，而第三部則是改編自上田秋成《雨月物語》的《蛇性之淫》，三部電影統由谷崎潤一郎寫劇本，栗原喜三郎導演。演員方面，當然是以公司培植出來的新人擔任，葉山三千子主演了《業餘俱樂部》，上山珊瑚主演《葛飾砂子》，岡田時彥、紅澤葉子則主演《蛇性之淫》。

大正日活這三部電影，第一部《業餘俱樂部》是典型的美國喜劇，接下來的《葛飾砂子》與《蛇性之淫》，卻又回歸到純東洋趣味上去。可惜三部電影都不為觀眾所喜愛，自然更談不上賣座了。

大正日活的創新遭遇到很大的挫折，然而所標示的革新路線，依然有一定的影響。一九二〇年，淺草帝國館的有名默片解畫師津田秀水與大辻司郎，邀「映畫藝術協會」的成員伊藤伊與吉出任導演，並且還大膽起用了新人瀨川鶴子，拍成《熱球》，即是革新路線的展延。

繼津田、大辻之後，又有井上正夫的出現。井上從美國回到日本，是一個富有新思想的演員。他拉攏了新派戲劇的名演員畑中蓼波出任導演，加入國際活映（簡稱國活），拍攝了《寒椿》。這部電影就此捧紅了水谷八重子。

大正七年（一九一八），是日本早期電影的一個突變。在此以前，銀幕上還沒有出現過真正的女性，而電影的內容，也是以新派悲情為主，硬派電影，除了尾上松之助所主演的能夠站穩陣腳外，其餘無一能立足。大正七年以後，由於有了「映畫藝術協會」這派新思想人物的鼓吹，再加上大正活映谷崎潤一郎、栗原喜三郎、淺草帝國館津田秀水、大辻司郎與國活畑中蓼波等人的推波助瀾，女性才得以參與電影工作。而內容方面亦隨之而起了新變化，由一貫的悲情軟性劇，線路一轉，而朝着針貶現實與描述愛情的方向前進了。

取材自《大任》連載專輯《中日電影之發展》之三、之四

第四十三、四十四期，一九七七年六月、七月，現經作者改寫

武術與早期中日電影因緣

一九二六年左右，武俠小說成為中國讀者最喜歡的讀物。一時之間，上海各大報紙都爭相刊登，如《新聞報》上連載的《荒江女俠》，便受到讀者空前熱烈的歡迎，連帶單行本銷量也直線上升。

一九二八年開始，電影商人發覺武俠小說受到歡迎，便靈機一觸，把它改編搬上銀幕。由一九二八年到一九三一年間，上海大大小小的約有過五十家電影公司，一共拍攝了近四百部電影，而武俠神怪片竟佔了二百五十部以上，由此可見武俠片吃香的程度。

中國電影史上，第一部武俠片是由「明星」公司拍攝的。一九二八年，「明星」根據平江不肖生所著《江湖奇俠傳》

改編，拍攝了《火燒紅蓮寺》（鄭正秋編劇，張石川導演），放映後，受到空前歡迎，於是一集復一集的拍下去，直至十八集為止。這時，「明星」雖然還另外拍了《女偵探》、《窗上人影》一類的偵探片，都不如《火燒紅蓮寺》的轟動。從此，這種所謂「火燒片」便燒遍全國，什麼《火燒青龍寺》（暨南影片公司）、《火燒百花台》上下集（天一公司）、《火燒劍峰寨》（錫藩公司）、《火燒九龍山》（大中華百合公司）、《火燒七星樓》（復旦公司連續六集）、《火燒平陽城》（昌明公司連續七集）、《火燒白雀寺》（暨南公司）以及《火燒靈隱寺》、《火燒韓家莊》、《火燒白蓮庵》等等，都相繼出現在銀幕上。

●《火燒紅蓮寺》戲院大堂畫片

這時期的武俠片，都是以片集方式出現，其中原因，當然是觀眾迷戀片中主角，希冀他能有新的英雄行徑出現，是以影片公司也就不憚其煩的一集集拍下去了。像友聯影片公司開拍《荒江女俠》，一拍便是五集，而《女俠紅蝴蝶》也一共拍了四集。其他月明影片公司連續拍攝了《關東大俠》一至十三集、《女鏢師》一至六集。華劇影片公司拍攝了《亂世英雄》、《迷魂陣》、《白玫瑰》、《白芙蓉》、《萬俠之王》。暨南影片公司拍攝了連續長篇《江湖二十四俠》及《黑俠》。復旦影片公司也拍攝了《粉妝樓》一至三集，《大鬧三門街》上下集。這些影片內容，大多是俠客、強盜加蕩婦，武打加調情，總言之軟硬交融，就成為全齣戲的內容。

在武俠神怪片的浪潮中，「天一」也開拍了《唐皇遊地府》與《乾隆遊江南》。而「大中華百合」也不甘落後，於一九二八年，除拍家庭糾紛、多角戀愛為主的電影外，也頗熱中於神怪武俠片的拍攝。「大中華百合」在一九二九底停止了製片，在此之前的一年零六個月裏，總共攝製了三十部電影，而神怪武俠片便佔了半數以上。這些神怪武俠片有着十分濃厚的「歐化」傾向，像《駱駝王》、《荒唐劍客》、《奇俠救國記》、《王氏四俠》、《女海盜》等，人物的打扮都十分西化。在影片《金錢之王》中，為了要表示近代美，片中無論男女演員，皆作半裸。

除了「大一」與「大中華百合」，但杜宇的上海影戲公司這時也醉心拍攝如《蘆鬢花》、《萬丈魔》、《金剛鑽》、《飛行大盜》、《媚眼俠》、《畫室奇案》、《美人島》上下集、《古屋怪人》、《東方夜譚》一類的神怪武俠片。但杜宇的上海影戲公司是夫妻檔，除杜氏本人自任製片、編劇、導演與攝影外，女主角大多是其妻殷明珠，殷明珠便是當年著名的「FF女士」，在當時是上海電影界中的傑出人物。

武俠電影之所以能夠受到廣大的歡迎，正好反映了當時生活苦悶的小市民的心理狀態。中國那時正值軍閥作亂，一般市民雖然不滿土豪劣紳的所作所為，卻找不到正當的發洩。而武俠片中的英雄人物，處處都能表現出鋤強扶弱的行徑，正好迎合觀眾這種矛盾的心理，讓他們得到觀感上的發洩。因之，武俠狂潮一直得以持續了好幾年而不衰。

武術與電影，在日本亦有另一番因緣。自從日本電影界開始蓬勃以來，電影製作約略言之，可分成下面兩條路線。其一是仿照美國田園風味加以改拍的新劇；其二便是把舊劇（即古裝劇）搬上銀幕，前者以松竹蒲田為代表，後者則以日活為代表。

這兩條路線在開始時，由於電影製作仍處於新興事物階段，崇洋的日本觀眾，尚是百看不厭，但隨着時日的飛逝，觀眾漸漸對這種公式化的製作產生了厭倦，到了這時候，電影工作者自然不能不靜思其變。衣笠雖然出身舊劇，受知於牧野省三後，卻很積極於電影革新工作，他利用美麗的自然景色與流行的軟焦點鏡頭，增強了抒情的效果，引起許多觀眾對新劇的興趣。舊劇方面，這時也有了嶄新的突破，武打場面經過種種摸索，終於出現了新面目。這種新的充滿自由奔放的武打場面，是以前歌舞伎裏面所沒有的。松竹蒲田的《野村芳亭》，以前也嘗試過拍攝一種叫做「新時代劇」的電影。但是現在盛行的古裝電影，跟《野村芳亭》的新時代劇非常不同，它沒有新時代劇那種平面化，而呈現了立體感，基本上又是模仿古裝武打劇，重視速度與氣氛。下面要提到拍攝於一九二三年的《浮世繪師》，便是這種新形式的古裝片的代表作。

《浮世繪師．紫頭巾》，是牧野等持院的作品，原作兼編劇是壽壽喜多呂九平，導演是金森萬象，指導是牧野省三，攝影宮崎安吉。這是佐平次捕頭查案的其中一個故事，背景與年代是慶安年間的江戶。故事說平靜的江戶城忽然受到一個頭紮紫巾的怪俠擾亂，許多富戶都受到光顧，江戶城因而大亂。當時江戶城中有一個出名的捕頭佐平次（市川幡谷），全力緝捕紫頭巾，然而無法捉到。原來紫頭巾便是浮世繪畫師勝川又藏的化身，因痛恨富商斂財，所以易容打劫以濟貧窮。這故事在當時十分流行，即使到現在，紫頭巾的事跡仍一再被拍成電影與電視片集，香港電視台曾經重播紫頭巾片集，仍受到一定的歡迎。

紫頭巾的原著是壽壽喜多呂九平，他所創造的紫頭巾這個人物，性格跟中里介山所著，《大菩薩卡》裏面的主角機龍之助十分近似。紫頭巾原名報龍太郎，名字亦相近於機龍之助。《浮世繪師．紫頭巾》這部電影的特點是情節曲折，武打場面逼真，尤其是剪接得緊湊，更令人有喘不過氣來的感覺。

遠在大正六、七年間，美國連環武俠片已非常流行於日本，然而日本由模仿到把外國電影技法移為己用，卻整整要用上六年。

由此可見，電影中的武打場面，已不能再依循舞台劇的形式了。牧野省三在這方面可以說是一個先知先覺，他首先拍攝《實錄忠臣藏》，正可以說明了他的眼光是如何獨到。牧野的信念，得到了生長於鹿兒島、容顏蒼白的二十五歲英俊青年壽壽喜多所支持，這兩個人的緊密合作，令牧野製作所的聲名因而大大提高。《浮世繪師．紫頭巾》的賣座是空前的，每屆一地，都受到了熱烈的歡迎。

牧野製作所乘着銳氣正盛之際，立即再度發動攻勢。他們找到了影壇新彗星阪東妻三郎擔任《鮮血的手型》的男主角，同時還加緊拍攝由壽壽喜多所編劇的電影。

阪東妻三郎與壽壽喜多這一對搭配，能夠受到廣大歡迎，除了本身所擁有的優秀

●牧野省三

先決條件之外，當時報章雜誌上所流行的大眾文學，對他們也提供了很大的助力。

大眾文學是大正文壇上一股非常具有勢力的文學主流，它的前身說書，本來已引人入勝，再經過小說家生花妙筆的渲染，形象因而鮮明燦爛，內容自不免就更吸引人。當時大眾文學作家中，有着前田曙山、白井喬二、大佛次郎等健筆，他們在作品中所宣揚的宗旨，跟牧野省三的信條正不謀而合。讀者既愛讀大眾小說，自然也就喜看武打電影了。牧野製作所的電影愈來愈受到觀眾的歡迎，因此許多受制於別家電影公司的戲院，也不惜代價要在本來放映的電影之外，加映牧野的片子了。從近畿、中國到九州一帶的電影院，一向對松之助式的電影敬而遠之，此時卻爭相要放映牧野的電影了。

取材自《大任》連載專輯《中日電影之發展》之九、之十第四十九、五十期，一九七七年十二月、七八年一月，現經作者改寫

《孤兒救祖記》與《虞美人草》：中日早期電影的新嘗試

一九二一年，上海投機事業空前蓬勃，一般商人以賺錢容易，都把資本改購公債、股票與土地。根據非正式統計，當時先後在全國各地成立的交易所，便有一百四十餘家，其瘋狂的情形，概可想見。可是投機買賣削減了工業生產的資金，工業遂陷於低潮，逐漸造成交易所的混亂。因而到了一九二二年三月，這一百四十多家交易所，終於抵不住經濟巨滾的衝擊，倒閉得只剩下十二家。做投機生意失敗的商人，不甘守株待兔，腦筋一轉，就挾着剩餘資本，插足電影事業來了，明星影片公司便是在這種情形之下而成立的。

一九二二年二月，張石川等人經營股票生意失敗後，以剩餘資本為基礎，跟鄭正秋、周劍雲、鄭鷓鴣等合作，組織了明星影片股份有限公司，同時還附設明星影戲學校，安插他們之前經營大同交易所關門後的部分失業人員。同年三月，明星公司在上海貴州路大同交易所原址，正式宣佈成立。

明星公司創立後，內部對電影製作方針的意見並不協調，這內中主要的對立是來自張石川與鄭正秋。鄭正秋堅持電影應以「教化社會」為主，強調明星公司應該攝製「長片正劇」，然而張石川因鑒於投機事業失敗，公司經濟不穩，認為拍片應以賺錢為原則。他說電影只能「處處唯興趣是尚，以冀博人一粲，尚無主義之足云。」由於遭到老闆張石川的反對，結果鄭正秋也唯有甘附驥尾，拍一些「博人一粲」的無聊滑稽影片。

明星公司攝製「滑稽」片的方針，在初時因為內容熱鬧動作誇張，頗能吸引大批觀眾捧場。但是日久以後，以其內容大致相同，而招笑動作，亦如出一轍，逐漸就受到觀眾的唾棄。明星公司便採取另一種新的拍片方針，以圖扭轉頹勢，經過一番商議，終於宣佈開拍「社會電影」──《孤兒救祖記》。

一九二三年，明星公司以八個月的攝製時間，終於完成了《孤兒救祖記》。《孤兒》一片由張石川導演，鄭正秋編劇，張偉濤攝影，全片內景是在上海海寧路錫金公所隔壁空地上露天拍攝的。電影的主題是「教孝懲惡」、「勸學」和「提倡教育」。故事的梗概大致如下——

富翁楊壽昌（鄭鷓鴣）的兒子墮馬身死，遺下媳婦余蔚如（王漢倫）。楊的侄子道培（王獻齋）素行不端，陰謀奪產，經族人楊子恆說項，得繼嗣於叔家。道培有友陸守敬，受道培邀住於楊家，因垂涎蔚如美色，時加調戲。時蔚如已懷孕，道培恐家產為遺腹子所得，從陸守敬計，向壽昌進讒，誣嫂不貞，蔚如於是被逐，歸與父同住。不數月，生一子，取名余璞（鄭小秋）。楊家自是大權盡為道培所握，任意揮霍，生活糜爛。壽昌見此，心灰意冷，遂斥資二萬元，修建義務學校。余璞長大，亦攻讀於此，成績優異，深為壽昌所喜。道培、守敬揮霍過度，壽昌拒絕再給錢銀，因而定計欲害壽昌，適為余璞撞破。最後翁媳孫三代團圓，並出資興辦義務學校，備平民子弟無力求學者，得受人生所必需之教育焉。

在當時來說，《孤兒救祖記》是十分轟動的。《龔稼農從影回憶錄》第一冊第八節記其事云——「《孤兒救祖記》正式在戲院放映後，王漢倫、鄭小秋、鄭鷓鴣、王獻齋諸人，真是一夜成名，變成婦孺皆知的人物了。『電影明星』亦由此時起成了觀眾所嚮往的時代偶像。」又在第七節云——「大家通過後，即由鄭正秋負責編劇本，一方面籌集資本，。方面物色人選。那時上海的女子雖然比內地開通，但有勇氣去拍電影，仍舊不多，經多方面物色，女主角找到王漢倫。她雖是一雙改良派的腳，臉型卻生得秀麗漂亮，氣質外型都很適合故事人物的要求。男主角『孤兒』由鄭正秋的兒子小秋擔任，張石川認為是非常理想……祖父由鄭鷓鴣飾演，父親由邵莊林飾，此外還有王獻齋、王吉亭、黃君甫等，『孤片』的『卡司脫』可以說相當的強硬了！試片後成績卓著，哄動整個電影圈。在上海營業收入空前，南洋片商紛紛來購『拷貝』。」

以攝影的技巧而言，無可否認，《孤兒救祖記》是存在着若干缺點的，不過就

●《孤兒救祖記》劇照

當時電影製作水平來說，它在藝術處理上卻有着一定的成就。首先，它擺脫了對外國電影的因襲，劇本取材，演員服裝，布景陳設，皆能力避歐化，純用中國式。其次，它已能掌握到電影藝術的形象，要求真實，盡量生活化，擺脫了文明戲那種超越常軌、誇張化的舞台表演方式。另外，在結構方面，它也能照顧到故事合乎情理的進展與變化，比諸舊日的故事片，更能引人入勝。然而《孤兒救祖記》最為人所讚賞的地方，還是在它那積極的主題，以教育薰陶群眾，的確是很切合當時社會上的需要。

鄭正秋所提倡的「社會電影」，不但扭轉明星公司的營業頹勢，而且也啟軔了簇新的電影題材，直接影響當時電影界的製作路線。鄭正秋本着他對社會的熱忱，除了藉《孤兒救祖記》來宣傳社會改良思想外，對於千多年來，直受壓逼的中國婦女也伸出了同情之手。在《孤兒救祖記》之後，他一連創作了許多部拿婦女問題作題材的影片。在這類電影中，鄭正秋嚴厲批評封建的婚姻制度、婢女制度與娼妓制度，刻劃出中國婦女在封建社會制度下的悲慘命運，主動地帶領觀眾更進一步地去了解這群婦女背後的辛酸。

張石川等見《孤兒救祖記》這類寓社會教育於電影的製作，能受到觀眾的歡迎，於是便再接再勵繼續拍攝下去。

中國早期電影有鬼才鄭正秋扭轉乾坤，破舊立新，成就中國早期電影的經典；移步東瀛，差不多同時期，一位頗為洋化的日本人也開闢了日本電影的傳奇。

這個人叫亨利．小谷，他在廣島縣出生，自幼隨父母移居美國，曾就讀美國演員學校。稍後，亨利．小谷與友人田中欽之在大正九年（一九二〇年）七月十九日從美國回日本，旋即為松竹公司所聘。

亨利．小谷在美國是專門學攝影的，回國後，可說是學有所用。亨利．小谷為松竹所拍的第一部電影，便是《島之女》。《島之女》是一部故事片，由川田芳子、木村錦花主演。根據木村錦花的回憶說——「大谷在電影合名社創立時，便希望能盡快拍一部電影。八月中，大谷命松居松葉任導演，拍近松的《本家女護島》其中的一節故事。於是松葉便自撰劇本，並率領村田正雄、水口薇陽等，在江之島造了艘大船，並由久保田米齋考證服裝……，可是，正待拍攝時，大雨如注，頗感尷尬，便啟程回東京，孰料到了東京，天又放晴，到打算明日開拍之際，不意又逢霪雨。這般不受上天保佑，結果所造好專備拍片用的大船，因抵不過日曬雨淋之侵，終至油漆剝落，船亦乾裂而浮游於海……大谷見情勢不佳，於是下令開拍另一部電影，這便是山崎紫紅原作的《島之女》。」

亨利．小谷

《島之女》劇照

《島之女》由木村錦花導演並編劇，亨利．小谷攝影，大正九年十一月一日在歌舞伎座公開上演。首映禮時，松竹為隆重其事，除了由小山內薰代表松竹登台講述松竹的理想外，還由山田指揮四十人大樂隊臨場伴奏。這種儀式，據說即是模仿紐約第一流的電影首映禮。

一年後，一九二一年亨利．小谷更執起導演筒，他第一部導演的電影是《虞美人草》。這部電影亨利．小谷用他從美國學回來的新手法來拍攝，既不似舊電影的婆婆媽媽，也不如純電影的高深，真可以說是已做到了「雅俗共賞」的地步。《虞美人草》的原作者是鈴木善太郎，女主角是栗島澄子，故事內容大略如下——太平洋的懸崖上面有一所無線電通訊所，裏面住着青年技師磯田（岩田祐吉），某日正當磯田在埋首鑽研他的新發明時，門外忽然傳來女人的哭泣。磯田奔出門一看，原來有一個少女正想投崖自盡。這少女因為不堪養母（鈴木歌子）的壓迫，要她嫁作人妾，所以寧可自盡，以了殘生。磯田同情這少女愛子（栗島澄子，栗島すみ子）的遭遇，便把部分的研究費送給了愛子。兩個人攜手在岸邊散步時，意外地卻發現了路旁盛開着的虞美人草。磯田於是便告訴愛子項羽與虞姬——虞美人的故事。未幾，東京的無線電專家左倉博士（井上麗三）向世間公開了他的新發明，許多趨炎附勢的人，都乘機阿諛吹捧，獨有磯田卻指出左倉的發明有着嚴重的缺點，於是就引起了左倉的懷恨，暗中運用勢力，逼使磯田走上死路。愛子為了磯田的前途，只好委身下嫁給一個自己討厭的男人，同時還以所得聘金一千元悉數寄與磯田，以作繼續研究之用。磯田接到匿名者的賜助，雖然無限感謝，一面卻又惦念着突然失蹤的愛子。電影的結局是愛子為愛情而跳崖自殺，她那白色的手上正緊握着一束虞美人草。

以這部電影的內容而言，雖然仍舊逃不掉新派悲劇的框框。不過，亨利・小谷卻運用了他那純熟的攝影技巧，盡可能把整個故事從家庭悲劇的形式中解放出來，像電影裏面項羽劉邦的會戰鏡頭，便是小

● 主演《虞美人草》的栗島澄子當時僅十九歲

谷匠心獨運的構思。這樣在陳舊的情節裏面，加插新的電影技巧，在當時很受到一般電影觀眾的喝采。

小谷接着又拍攝了《電工跟他的妻子》與《衣箱》，這兩部電影拍竣後，卻受到了很大的阻撓。先是《電工跟他的妻子》政府以其描寫電工妻子不倫，有違道德，下令禁映。至於《衣箱》又因有販賣色情之嫌，致遭同一禁映命運。後經松竹派人跟政府交涉，《電工跟他的妻子》幸獲准公映，唯《衣箱》一片，則始終禁映如舊。

小谷受到這兩趟打擊後，只好便把精神放在拍攝新聞片上去。俟一九二一年十一月四日，他所導演的《夕陽之村》公映後，小谷便黯然離開了松竹蒲田影棚。

取材自《大任》連載專輯《中日電影之發展》之四、之五第四十四、四十五期，一九七七年七月、八月，現經作者改寫

中日有聲電影的史前史

電影從無聲發展到有聲，正象徵着了科學的發達已到了日新月異的地步，同時也是電影技術的一項重大突破。正當「天一」、「明星」與「聯華」三大公司鼎足峙立的時候，電影藝術和技術上最大的革新——有聲電影來臨了。

雖說有聲電影是在二十世紀二十年代才公諸世上，其實在二十世紀初期便已有人實驗了。一九一四年，上海維多利亞影戲院便曾放映過一套用蠟盤發音的有聲片，但由於是實驗性質，加之效果不佳，故而不怎樣引起注意。一九二六年，美國華納兄弟公司首先嘗試拍攝這類有聲電影。在華納方面而言，乃是奇峰突出的一招，成功與否，實帶有博彩成分。這正是華納的傳統作風，敢拍人所不敢拍的電影，是華納能屹立數十年而仍有盈利的主要因素。

一九二六年八月六日，有聲電影終於面世，反應之好，出乎電影界預期，從此美國其他公司爭相效尤，放棄無聲片的拍攝工作而轉投有聲片。有聲電影在美國上映了四個月後，就流傳到中國。一九二六年十二月，上海百星大戲院從美國運到特福萊（De Forest）有聲短片若干種，於同月十六日試映於虹口新中央大戲院，兩天後又在百星大戲院連續映了六天。為了配合宣傳，影院還把放映機、影片、擴音器材陳列，讓觀眾隨意參觀，並聘有放映師在旁解釋片上發音的原理，引起了電影工作者和觀眾的注意和興趣。

有聲電影的出現不久，在國外引起熱烈的討論。起初由於它的新奇，引起許多觀眾的興趣，但是發展開去，基於技術尚在始創階段，無論在形式與內容上都是有不及無聲片之處，於是有聲片是否可以繼續下去，遂成為製片家與觀眾懷疑的對象。有好多外國的電影藝術家對這種形式的電影，並不予以好評，認為它的壽命不長，很快便會無疾而終。

在中國，有聲電影的前途，也引起了電影公司當局和電影工作者的注意。電影公司當局站在他們在商言商的立場上而言，便有了這樣的矛盾：繼續走老路子（拍無聲片），還是跟潮流走（拍有聲片）？電影公司當局也知道時勢所趨，有聲片將會取無聲片而代之，未來的電影市場將會成為有聲電影的天下。因此，感到與其觀望不前，不如爭取主動。有了這種基本思想，本可邁力向前，然而這裏又有一個難題，那便是一旦改拍有聲片，種種舊日的設備都得徹底革新：攝影棚要有嚴密的隔音設備，攝影器材要添置，錄音上原來的一套也要摒棄。關於這一切革新，在在都需要調動大筆資金，再加看到初期的美國有聲片，在藝術質量上反不如無聲片，於是信心動搖了！

另外形成電影公司當局舉棋不定的，是由於中國那時仍有一大批無聲片戲院，暫時未能改裝有聲放映機，無聲片尚可拍攝供應這批戲院放映，不至於沒有觀眾。種種利弊令電影公司當局煞費思量，在徘徊彷徨中，無法下最後的決定。

終於，在一九三〇年，明星、友聯不甘寂寞，開始製作有聲電影。明星、友聯這種果斷的行動，除了是切合當時社會的需要，主要還是了解到時代潮流的向前推進，適者生存，明星，友聯開拍有影電影，是起了帶頭作用的。於是，明星拍攝了《歌女紅牡丹》，友聯則拍攝了《虞美人》，這就是中國最早的兩部臘盤發音有聲故事片。在這以前，聯華的《野草閒花》曾用過臘盤發音配上歌曲「尋兄詞」，然而只不過局部有聲，並非全部完整的有聲片。

《歌女紅牡丹》是明星公司與百代錄音合作攝製的，因此，就把自己的臘盤配音叫做「百明風」，並另立民眾影片公司名義。由此看來，明星公司對首次製作的有聲電影，並未抱很大的信心。

《歌女紅牡丹》是由洪深用莊正平的化名編劇，張石川導演，董克毅攝影。故事內容是歌女紅牡丹（胡蝶），嫁了一個遊手好閒的丈夫（王獻齋），終日不務正業，以吃喝嫖賭為樂。紅牡丹聲色藝俱佳，因而收入頗豐，仍不夠供丈夫揮霍，為此大受刺激，以致倒嗓，可對丈夫仍然是忍氣吞聲，委曲求全。後來紅牡丹的歌唱生涯漸漸陷入低潮，生活更形拮据，她

● 《歌女紅牡丹》電影宣傳海報

的丈夫照舊虐待她，剝削她。最終，紅牡丹的丈夫因賣掉女兒，精神恍惚，以致失手殺人，被捕入獄，紅牡丹不咎既往，還託人營救。電影裏紅牡丹扮演的無疑是賢妻良母的典型。

《歌女紅牡丹》通過這個深受封建意識毒害的歌女，遭受種種壓迫——暴露了舊禮教對婦女心靈的束縛與摧殘。為了突出這部電影，影片還利用有聲的優越條件，穿插了京劇《穆柯寨》、《玉堂春》、《四郎探母》、《拿高登》四個節目的片段。當時的電影觀眾，有大部分是戲迷，現在的電影裏既加插了京劇，自然樂意捧場，這也是明星公司的大鑼大鼓，讓胡蝶扮上了戲裝一種製作手法。

《歌女紅牡丹》於一九三一年三月十五日在上海新光大戲院首次公映，因為是中國的第一部有聲電影，在當時不僅轟動全國各大城市，同時也吸引了南洋的僑胞。

根據明星公司的自我宣傳，這部電影的製作成本是十二萬元，費時六個月。在拍攝期間，主要是在收音過程中，曾遭遇到不少的困難，嘗試了許多次，到第五次才成功。全片一共製作了十八張臘盤，質量都不十分理想，再加以這部影片的編導，都是從拍攝無聲電影工作中請過來的，沒有基本經驗，所以只注重對白，而忽略有聲電影中最重要的組成部分——音響效果。結果，放映出來的電影，聲音是有了，但是除了對白，其他一切，如走路聲、敲門聲等，都給疏忽了，形成一種極不調和的風格。

友聯公司也不甘落於明星公司之後，開拍了臘盤發聲片《虞美人》。《虞美人》由徐碧波編劇，陳鏗然導演，電影內容是以虞姬與項羽的故事為中心，穿插劇中男女演員的後台生活與愛情糾葛。單以內容來說，它只是當時一般的陳腔濫調，並不如《歌女紅牡丹》那樣富於戲劇性。在技術處理上而言，跟明星相反，它是採取先錄音，後開拍的步驟。《虞美人》在開拍前，先在大中華唱片公司收音。這種措施，無可否認要比先拍戲後錄音，減少許多麻煩，但是毛病卻出在拍戲時，電唱機傳出來的聲浪速度，不能與攝影機的快慢取得一致。

一九三一年五月二十四日，《虞美人》在上海夏令配克大戲院首映，由於是古裝片，再加上有聲設備，頗受到觀眾的歡迎。

繼《歌女紅牡丹》與《虞美人》後，其他電影公司也紛紛跟風，開拍有聲電影，於是中國影壇便由默片時代進展至一個全新階段裏去了。

回看日本，日本電影界一向都是以美國影片馬首是瞻，但碰上有聲電影，卻舉棋不定。這是由於製作有聲電影的費用，是無聲電影的三倍，其次是投資雖鉅，卻無實際的收益把握。最終，還是美國改變了日本電影界的態度。美國自從有聲電影拍攝開始以後，為了外銷，不得不在海外擴展市場，日本便是它亞洲區的主要目標。

美國的「維陀」與「哥倫比亞」唱片公司，在日本投下了大量資本，灌錄唱片，並以低價供應市場所需。「維陀」唱片公司素來注重市場的當前需求，他發覺日本人對流行歌曲擁有特殊的偏好，於是便起用女性聲樂家灌錄流行歌曲，發行市面。同時，為着要招攬日本顧客，還跟日活合作，撰寫電影主題曲，灌成唱片，行銷全國。正由於這種趨勢，往往一部電影猶未正式公映，它的主題曲已是街知巷聞，對電影的宣傳起着很大的推廣作用。日活見這種政策有利於電影宣傳，便樂意跟「維陀」合作下去，因之，在一九三〇年前後，電影主題曲的創作風氣非常鼎盛。

日活跟「維陀」合作的第一首歌曲，便是《東京進行曲》，歌詞原出於日本大作家西條八十之手，譜成電影主題曲，只擷取四節，每節都灌以一個「戀」字：以吸引女性觀眾。這以後又變成了《愛你》、《紅屋之女》與《太陽曬在沙灘上》，都受到空前的歡迎。

自從一九二九年開始，日本所拍的主要電影，幾乎每一部都譜有主題曲，然後灌成唱片，當做流行歌曲發售。「日活」跟「維陀」、「松竹」跟「哥倫比亞」，因利之所在，合作更趨積極，遂造成前所未有電影主題曲的泛濫時代。

電影跟唱片的結合，在美國產生了唱盤有聲電影機，電影能夠發聲，這是多麼的吸引人。「日活」見獵心喜，決定用從電影主題曲上的收入，撥出一部分，作為投資拍攝有聲電影的費用。於是，在東京的大森曾經拍了一部實驗形式的有聲電影，這便是《故鄉》。

《故鄉》是日活太秦影棚跟驗聲菲林錄音公司合作的作品，於一九三〇年三月十四日在淺草富士館上映。

《故鄉》的拍攝，是「日活」一項大膽的嘗試，待拍成公映，反應卻並不如預期中的熱烈，這對「日活」而言，是一項重大的打擊。

不過，《故鄉》雖然得不到好評，現實的形勢卻是不能加以輕侮的。美國對有聲電影的耕耘，逐漸獲得日本進步電影評論家的支持，這班電影評論家，平日對外國電影理論都具有一定程度的認識，而對於外國的電影新趨勢，也理解到乃是基於實際環境需要，必然產生的結果。在這群評論家的鼓吹之下，日本舊無聲電影漸漸陷入低潮，影棚裏的導演，再也提不起興趣來拍攝無聲電影，而電影院中被解雇的音樂伴奏人員與解畫人員，亦不滿院方的措施而每日舉行示威。

自此，日本電影正式踏入有聲時代。

取材自《大任》連載專輯《中日電影之發展》之十一至十三第五十一至五十三期，一九七八年二月至四月，現經作者改寫

第四輯

萬葉到令和

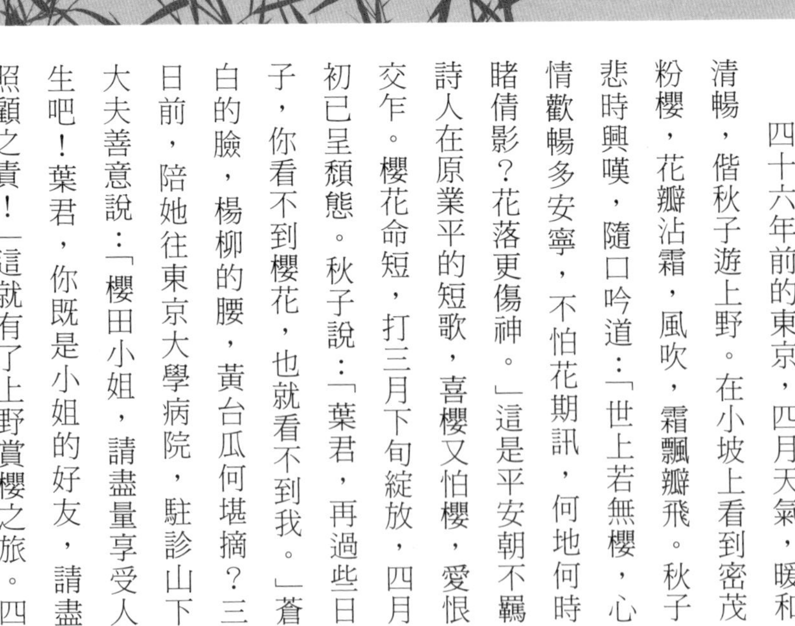

四十六年前的東京，四月天氣，暖和清暢，偕秋子遊上野。在小坡上看到密茂粉櫻，花瓣沾霜，風吹，霜飄瓣飛。秋子悲時興嘆，隨口吟道：「世上若無櫻，心情歡暢多安寧，不怕花期訊，何地何時睹倩影？花落更傷神。」這是平安朝不羈詩人在原業平的短歌，喜櫻又怕櫻，愛恨交午。櫻花命短，打三月下旬綻放，四月初已呈頹態。秋子說：「葉君，再過些日子，你看不到櫻花，也就看不到我。」蒼白的臉，楊柳的腰，黃台瓜何堪摘？三日前，陪她往東京大學病院，駐診山下大夫善意說：「櫻田小姐，請盡量享受人生吧！葉君，你既是小姐的好友，請盡照顧之責！」這就有了上野賞櫻之旅。四月底，秋子離世，我將一朵櫻花用素絹包好，放進白棺，深埋泥土，花不再開，人不重生。

秋子好誦詩，尤喜《萬葉集》，搜集四至八世紀日本各地詩句，採風問俗，可比《詩經》。全書凡三十卷，共收長、短歌四千五百餘首。民國錢稻孫先生仰慕甚，動手迻譯，是為中國第一人。雖是選譯，仍為士林所重。今人大多不知錢稻孫其人，可說到他的堂叔錢玄同、堂弟錢三強，那就無人不識。周作人說過五四時代，中國人日文學得最好的作家，只有兩人；一是錢稻孫，其二便是陶晶孫，晶孫先生的日語比日本人更地道，日本人都誇他。秋子性近林黛玉，痴情《萬葉集》，日唸夜吟，多愁善感，鬱結成疾。平成將盡，德仁繼位，改號令和，源自五卷大伴旅人《桃花歌》第三十二首其中二句——「初春令月，氣淑風和。」寓和諧之意。學弟周七根謔說：「從詩句中我看到了西城學兄！」果如其然乎？周君用綠筆圈出「風」和「月」以示我，確未失實。今趟天皇登基，有二事破傳統，首是先王仍在，太子繼位，為歷朝所未有；次為年號非出自中國傳統文學而由本土典藉代之，為破天荒的創舉。有說戰後日本皇室已無實權，僅作為象徵形式而存在，惟日人敬重天皇，新舊天皇交替，仍是舉國大事。

這裏不妨說說皇位繼承儀式，分由踐祚式、即位式及大嘗祭三部分構成。十九世紀末，日本面對政教分離衍生的問題，皇位繼承式不得不多方變更。踐祚式遂改名「皇位繼承之儀」，一九八九年一月七日裕仁天皇駕崩，隨即舉行「皇位繼承之儀」，內容無變，新天皇在當天繼承象徵皇位的三神器：天皇隨身攜帶的天叢雲劍與八尺瓊勾玉，另一項神器八咫鏡則供奉在賢所，不可移動。九日舉行「即位後朝見之儀」，新天皇在松之間會見三權首長和國民代表。按俗例，新天皇繼位前需服喪一年，稱為「諒闇」。今趟上任天皇仍存，德仁天皇當不用服喪，可立即在賢所（Kashikodokoro，為皇居內供奉天照大神的御神體神鏡的場所）報告即位和大嘗祭的日期。

到正式舉行「即位禮正殿之儀」日，上午新天皇會在宮中三殿（賢所、皇靈殿、神殿）向眾神報告即位。下午一點開始在正殿松之間舉行盛大儀式。新天皇身穿黃御袍，登上高御座宣佈即位。列席高御座下方者是皇太子等男性皇族，御帳台下全則為女性皇族，來賓多達二千五百餘人，包括國內各界代表、各國首腦及代表等。天皇宣完「即位致辭」後，由總理大臣致「壽詞」，其後出席來賓高喊三次萬歲，陸上自衛隊則會於北之丸公園鳴放二十一發禮炮。松之間儀式結束，下午三點舉行「祝賀御列之儀」，天皇與皇后陛下搭乘開篷汽車從皇居正門的二重橋遊行至赤坂御所，沿途萬千群眾揮手熱烈祝賀。晚上接連舉行三日晝夜「饗宴之儀」，另外在赤坂御苑會有園遊會。皇室繼承儀式繁雜隆重，日本國民視之為樂事，秋子亦然，生前渴望能親睹天皇登基。生不逢時，裕仁即位，未在人世；明仁承繼，早離塵寰。小林一茶俳句云——

「在櫻花蔭下，不會有陌生人！」秋子，你永遠不會是我的陌生人！

（按：部分資料擷取自澤田浩氏文章）

港日文壇兩大巨匠

我一向覺得金庸跟司馬遼太郎很相像，於是想到把兩人合併來寫，興許有點新意！金庸無疑是劃時代大作家，他的武俠小說承先啟後，怕將「後繼無人」，人多以金、梁並重，我改弦易轍，「金庸、司馬」並列。兩人屬同類型小說家，皆愛引用歷史來寫武俠小說，司馬沿史創作，在節骨眼上稍作變通，筆下人物俱有史可據；金庸可不同，歷史是真實的，主角大多憑空杜撰，韋小寶、郭靖、楊過、令狐沖、岳不群，雖存活於歷史空間，俱是虛構。惟一進讀者心中即成有血有肉的人物，永誌不忘，這正是金庸小說的最大誘人處所。蓋歷來數偉大小說，主角必成讀者心中不可磨滅的角色，《紅樓夢》的賈寶玉、林黛玉，《金瓶梅》的西門慶、潘金蓮，《水滸傳》的武松、魯智深，《阿Q正傳》的阿Q皆如是，舉凡小說人物閒時不掛於讀者嘴角者，都不足稱傑作。

七八年詣松本清張府邸，我向他提及金庸，松本微微一征道：「香港也有這樣的作家？」順手在小說扉頁題上名字要我轉呈金庸，金庸還禮，回贈小說全集。惜乎金庸譯作九六年登陸日本時，松本早去世，未能得讀，這是很遺憾的事。金庸小說許多專家都論述過了，我想提的，是金庸的文字。金庸的文字是悉心裁剪過的，當年小說在《明報》副刊連載時，每日一段千餘字，每夜得要花兩三小時，拈筆補綴，瀝血嘔心。唸小學時，上國文課，朱繩武老師教我看金庸文字，練習寫作。鄺健行教授有云：「金庸熟讀傳統小說，在寫作之際，有意或無意，用上一些傳統小說的寫作技法，該是自然不過的。」此話說得好，有傳統小說味道，正是金庸引人入勝的地方，若然像某些作家用歐化筆調寫古代武俠小說，以成語喻之便是「畫虎不成反類犬」；反之，金庸的武俠小說，運廣長舌，寫照傳神，點綴渲染，躍躍如生，讀之必醉。一代武俠宗師之名，當之無愧！

我從沒翻譯過司馬遼太郎的小說，至今引以為憾。當然，沒翻，不表示沒看，讀的不多，印象最深刻的是走偏鋒的《幕末》（電影《暗殺》），丹波哲郎、岩下志麻主演）。我打心底喜歡上小說中那位外冷內熱、神出鬼沒的幕末武士清河八郎。司馬小說最大特色是具有明顯主題，在日本稱作「主題小說」，日友華房良輔釋其旨云：「主題小說者首先便是定有主題，登場人物全為配合開展這個主題而創造，厭惡它的人會批評憑空捏造或說人物如同操線木偶。不過由於故事易懂，許多讀者都愛讀。」司馬自己也說過——「歷史小說者，史實的人物是主角，絕不能沿着主題任意描寫，因此我不採用演繹法，而改從史實抽出主題的歸納法。」又說——「《燃燒吧！劍》裏的主角土方歲三，讀者千萬不要誤解他為歷史人物，他只是我筆下創造的土方！」這就是說尊重史實，人物也會有所加工，在性格上作出合乎情節發展的元素，添枝加葉，盛茂多姿。

司馬是大作家，稿費極高，他自揭其秘，六十年代月入稿費一百萬，是當年首相月薪的四倍。其時司馬精力旺盛，一手寫三個連載，《龍馬行》、《燃燒吧！劍》、《盜國物語》，產量之豐、之精，同期的推理大師橫溝正史也自嘆弗如。小說以外，可馬最膾炙人口的作品便是在《朝日新聞》連載的《漫步街道》，用字不多，浮枝盡削，古艷自生，洵為傑作。司馬晚年接受《朝日週刊》記者訪問時，評價自己的作品，謙虛地說——「我大抵不具備作為作家的條件吧？我沒有自我。」那就是說他寫的並非那種自我膨脹的私小說，他是一位將自己壓縮至「空白」的作家，這是我們讀司馬小說時最該留神的地方。一九九六年，司馬遼太郎去世，得年七十三。當今小說凋零，文壇霧罩，金庸、司馬那樣的巨匠，豈會再有！

《源氏物語》中譯本之辨

日本古代最傳奇的小說，人人皆知是紫式部的《源氏物語》，嘗有人說它是日本《紅樓夢》，此乃妄言。《源氏物語》成書於一〇〇一年，比《紅樓夢》足足早了七百九十一年，說此話者無疑是癡人說夢。由於名頭響，世上讀書界已有不少譯本，僅中國大陸，就有好幾個譯本。最早動《源氏物語》腦筋的是人民文學出版社，五九年聘請錢稻孫先生譯了前五帖（現只存一帖），不知怎的，以後無以為繼。六二年改由豐子愷接手，六五年譯畢全卷，編輯文潔若女士總攬其事，交由周作人、錢稻孫二先生校訂出版。這是中國第一本《源氏物語》譯本。而台灣遠景出版社要晚至八〇年代初期方始出繁體版。

據說周作人對豐子愷所譯的《源氏物語》頗有非議，知堂認為翻譯此書的最佳人選，就是他老朋友日本通錢稻孫，豐子愷不諳王朝文學，焉能譯出原著神髓？可惜錢氏進度緩慢，只譯了五帖，便放手。不得已，出版社只好另請弘一大師弟子豐子愷續譯。不少學者以為能由錢稻孫譯畢全書，以其文字功力，或能做出堪比《紅樓夢》、《金瓶梅》的文學翻譯。至於周、錢二人對豐譯的評價若何？稻孫先生無甚表示，倒是一向沖淡平和的周作人卻是毫不留情給予劣評。文壇眾人皆知周、豐二人素有隙嫌，知堂一向不認同豐子愷那套藝術觀念，發出獅吼聲，並不稀奇。當然學通五海的知堂自非盲目批評，所具最大的理由是豐譯大量參考了谷崎潤一郎，與謝野晶子的《源氏物語》現代日語譯本，因而所敘類若茶館說書人，同原書那種獨有的貴族婉轉氣味，大相逕庭。惟近代亦有評論家持相反意見，以豐譯直白簡樸，易懂，不輸錢譯。

第二個全譯本便是台灣林文月女士所譯，連載於《中外文學月刊》，分六十三期，耗時五年半，七八年六月譯訖，並由洪範書局出版。根據資料，林氏的《源氏物語》引古澤義則校註本（平凡社一九三七年）為主要依據，並參考了谷崎潤一郎、丹地文子、與謝野晶子的語譯本，並輔以阿瑟·韋利等專家的英譯本，走的是豐子愷的老路。兩種譯本，何者為優？有學者認為當以豐譯、周、錢二氏校訂較為可信。近代

（尤其是台灣）則多稱頌林氏所譯，讚其文字豐饒細膩，含藏委婉，直有東洋風，兼具《紅樓夢》氣味。惟資深翻譯家當知譯文流暢秀麗一如中文，其可「信」度必打折扣。周作人的《浮世理髮館》，文字並不典雅，「信雅達」三則之「信」，至少可打九十分以上。

周作人的日文如何了得？文潔若女士在〈晚年周作人〉一文裏這樣說——「一九五二年八月，人民文學出版社開始向周作人組稿，請他翻譯希臘及日本古典文學作品。一九五八年十一月，出版社外國文學編輯部指派我負責日本文學的組稿、編輯工作，同時向我交代了一項特殊任務，約周作人及錢稻孫二位翻譯別人不能勝任的日本古典文學作品。當時，他們在出版社算是編制外的特約譯者。七年間，我曾向周作人組過四部稿子：《石川啄木詩歌集》、《浮世理髮館》、《枕草子》和《平家物語》均係日本文學史上較為深奧的經典名著，現已出齊。我還請他校訂過兩萬字的《源氏物語》中譯本校勘記，重譯十萬字的《日本狂言選》。」又云——「每一部作品，他譯起來都揮灑自如，與原作不走樣。最難能可貴的是，不論是哪個時代的作品，他都能夠從我國豐富的語彙中找到適當的字眼加以表達，這充分說明他中外文學造詣之深。」

今人論中國日本文學專家，均推周作人、錢稻孫二先生，不佞以為陶晶孫先生實不在二人之下。陶氏江蘇無錫人，九歲隨父去日本，入神田錦華小學四年級，畢業後，進東京第一中學，雅好音樂，熟讀日本文學作品。一九〇五年入日本第一高等學校，一九年考入九州帝國大學醫學部。在學期間出版同人雜誌，用日文發表小說〈木樨〉。後又同郭沫若、張資平、郁達夫等成立創造社。畢業後專注醫學，創作、翻譯成為閒時玩意。工餘，曾翻譯過小崛甚二的《秋晴》、島田美彥的《兵和兵》和林房雄的《死前的友情》。客居東瀛廿一年，由他來翻譯《源氏物語》，當無難處。

記憶中，好像是郁達夫在一篇文章裏提過跟佐藤春夫一夕在酒家和室買醉，鄰室傳來日語聲，佐藤一聽，愕住了，拍腿讚道：「是誰講得這麼好的日本語呀！即便在日本人當中，也是萬中無一！」過房一看，那人是誰？正是溫文儒雅、風度翩翩的陶君晶孫，足見陶氏日語的精湛程度。雖屬玩票性質，留下作品不少，計有：《給日本的遺書》、《音樂會小曲》、《楓林橋日記》、《陶晶孫散文戲劇作品集》、《晶孫日文集》、小說《心靈的繁花綻放》等。陶氏壽命不永，五十五歲以癌症卒於日本千葉縣市川市，嗣後，怕再也沒有任何中國人說日語能比他好矣。

溫柔敦厚的竹內實

研究中國問題的學者，誰都知道日本有一位竹內實教授。一九七二年，我赴日讀書，進國際學友會日本語學校習日語，行前，書評家克亮請我吃飯餞行，席末，叮囑我：「關琦，若有空閒，無論如何要去拜訪竹內實先生，他是一位很有學問的教授，人也和善。」到了東京，不到一個星期，我就去拜會竹內先生。那時候，竹內實住在東京目黑區一棟兩層高、門牆鬆上黝黑色的木樓。地下是客廳，樓上是先生的書齋、臥室。我脫了鞋子，登登登地步上樓，在書齋裏，跟初晤的竹內實展開聊天，內容不離現代中國文學。

青少年時代生活在山東淄博的竹內實，普通話十分流利，一下子就把我這個香港人比下去了。我自小生活在香港，說的是粵語，普通話舌頭不好使，蹩腳得緊，表示歉意，竹內先生堆着笑臉：「不打緊，不打緊，你說得不錯，我聽得懂！」心一寬，普通話就流利多了。竹內實出生山東淄博，在那裏接受中、小學教育，中文不獨能講，還能寫。我呢，日語既不能講也不能寫，真有點兒尷尬。竹內實微笑道：「葉君，不打緊，入了學，很快就會適應，下次你來，我想咱們可以用簡單日語交談了！」（真是抬舉我，羞愧羞愧！）

既然語言沒障礙，我們談得很痛快，話題自繞着現代中國文學遊走。聽克亮說竹內實曾經到中國大陸訪問，見過毛澤東。適巧一九七二年，中日恢復邦交，中國問題成為各方焦點，我就動了好奇心，問他對毛澤東的印象。竹來實吁了口氣，結巴地說：「真……真是個大……大人物。去中國前，一直很想見毛主席，心裏盤算了很多問題準備請教他，豈料，他一出現，氣勢壓頂，我竟然一句話都說不出來。」千載難逢的機會，就這樣錯失了。該死，該死！竹內實拍着大腿。一口酒過後，問我對毛澤東的印象如何？我說我不懂政治，就把問題岔過去了。

其時竹內實還在東京都立大學當助教，入息不高，兩個孩子的開支，令他有點兒吃不消。閒中，就得寫稿賺外快，大都刊在《中央公論》（老牌著名雜誌），因而得到四方八面的重視。對中國現代文學，素來偏嗜，不從俗，花了不少時間翻譯四川作家李劼人的《死水微瀾》、《暴風雨前》、《大波》，在日本發行銷售。銷路如何？苦笑一下：「不大暢順呀！」語帶苦澀：「李劼人是中國現代作家中最為優秀的作家，我花了好幾年時間來作翻譯，確實值得。」不屈從於魯迅翻譯風，獨看重名氣不大的李劼人，魄力不可謂不大，我把這番心意說出來，竹內實忸怩起來：「葉君，不要這樣說嘛，只是喜歡李桑，想把他介紹給日本讀者罷了！」

只看外表，嘿，竹內實有哪點兒像一個知名學者，肥嘟嘟，話語細，尤其面對他那位年輕貌美的太太，那種體貼輕柔，就像是剛入學的小孩子，時刻依戀着媽媽。竹內實有點懼內，一九七三年冬，應《傳統與現代》社長岩浩桑之邀，赴京都取材，事前給我信，要我同行。素聞京都優雅閒靜，遂附驥尾作同遊。抵清水寺，吃了著名水豆腐，竹內實忽然怔怔地打量着我：「葉君，你胸襟上的東西是什麼？」我一看，是一小塊黑布，那年我外婆去世，我在帶孝，告以這是對先人的悼念。竹內實拍一拍額頭：「噢！原來是這麼一回事！」顯然對中國致悼先人的禮節並不知情。這樣我感到奇怪，研究中國文化的人，怎會不知道黑布帶孝這回事呢？

有一件事至今難忘，竹內實每到一個地方，第一件事就是找電話，找得很急，似乎有很重要的事要聯絡。岩社長問他幹麼這樣急？竹內實有點害羞，低着聲音說：「我要給太太電話報平安！」即便夜宿旅館，我半夜醒來，仍見竹內實抓住電話向太太送衷情，他正是日本人口裏的畏妻家。我問岩社長要否打電話給愛妻？他冷笑幾下：「我打她的頭！在日本竹內君是罕有的動物！」

一九七四年初，竹內實接到京都大學的聘書，到京大人文科學研究所去當教授。他興奮莫名，特意把我請到目黑區老家話別。我們迎着薄雪，耐住寒冷，踏步到附近的中華料理喝酒吃飯，飯後，他依依不捨地，握住我雙手說：「葉君，以後，我們怕要少見面了，你多來信！」跟着奉呈大作《日本人心中的中國像》。我離日回港，性懶，少寫信。倒是竹內實念舊，每年新年必寄來賀卡慰問。後來不知怎樣地取消了，我寫信去問，得到的回覆是：「友誼自在心中，何需一紙寄意。」

相隔多年，竹內實經香港赴中國內地，我們在酒店相見，他告訴我仍沒改掉打電話向太太報平安的習慣。一聽，不禁莞爾。二〇一三年七月卅日，竹內以九十高齡，病逝東京。我在想：上了天堂，竹內大兄還會向太太打電話報平安嗎？

《切腹》浮想

夜闌人靜，思緒亂雜，獨籠書房，重看《切腹》，震懾慨嘆尤勝初觀之時。六十年代中，我在「都城」戲院看《切腹》，目睹江戶浪人千千岩求女以竹刀剖腹自盡，嚇得幾乎嘔吐起來，到底還是十餘歲的黃口小子呀，哪堪殘忍畫面！年少，對故事不解，惟映象的冷峻和殘酷，從此雕在腦海難去。六九年在「大丸」購得藏書家城市郎所編《三島由紀夫的書》，收錄三島諸小說封面，瑰麗高雅，色彩誘人。那時不諳日文，單看照片，已自得其樂；復又讀台灣余阿勳先生翻譯的《金閣寺》和《假面的告白》，對三島由紀夫崇拜萬分，心想總有一天要設法看看三島君的真面目。可惜一九七二年到日本求學，三島已切腹自盡，為求了解真相，我翻閱當年各週刊對事件的記載，約莫知道三島是偕同四名「楯之會」會員闖進自衛隊東部總監部，脅持師團長，向八百多名軍官演講，呼籲恢復武士道，演說激昂高漲，反應寥寥，三島失望之極，即踅回內室，切腹自殺謝罪。據記載三島是用一文字方式剖腹，即以利刀自右向左橫拉，血腸流出，當「介錯」（劊子手）的「楯之會」成員森田必勝隨即掄刀斬頸，卻是連斬幾下仍不頭斷，三島痛楚難當，意圖咬舌自盡不果，最後由另一位劍道高手古賀浩靖「介錯」之，方完成切腹儀式。這使我想起了青年時看的《切腹》那部電影，想重溫，卻是找遍東京大街小巷，無法覓得，只好作罷。

「切腹」實非日本國獨有，中國戰國時韓國刺客聶政即有切腹之舉，可以說東洋人只是承上啟下，引到日本，在平安朝時期開始盛行。戴季陶先生在《日本論》一書中論及「武士道」云——「武士的責任，第一是擁護他們主人的家，第二就是擁護他們自己的家和他自己的生存。所以武士們自己認定自己的主要目的，就是『為主家』。」切腹風氣到了江戶時代更盛，為什麼武士要選擇切腹來完成自殺形式？新渡戶稻造說得精確——「腹乃人之靈魂，感情寄託之所，亦神經所繫，刀刺腹，其痛難熬，尤能凸顯出武士的容忍和受苦精神，故往日武士、舊時軍人無不以切腹體現彼之愛國精神。」

切腹儀式有兩種，即十文字和一文字，十文字自明治天皇大將乃木希典殉道後，再無人敢以身試，因為一刀橫切，一刀直刺，構成十字，殘酷無比，其間苦痛亦非常人所能忍。明治以後，武士、軍人切腹統採用「一文字」，一刀橫切，再由助手「介錯」，而「介錯」亦非如中國明清那樣人頭落地，而是頭連脖子，還切腹者全屍。

《切腹》這部電影，攝於一九六二年，改編自瀧口康彥原著小說《異聞浪人記》，小林正樹導演，仲代達矢、丹波哲郎、岩下志麻主演，故事是寫江戶時代由於倒藩，不少武士成為浪人四處求生，往往有無行浪人跑到大戶人家要求切腹敲詐銀両，蔚然成風。某日浪人千千岩求女跑到井伊家要求切腹，井伊家御家老（家臣之長）一眼認定他來騙錢，當允其請，讓他在庭院中切腹，至切腹時，方發現求女佩刀是竹刀，遂更堅御家老之心意，逼彼用竹刀切腹，更拒絕求女延期兩天的要求。求女竹刀切腹慘死，其岳父津雲半四郎到來尋問，聲言不為切腹追究原因，只質疑處理方式合理與否。原來求女妻兒俱罹病，貧無立錐，只欲覓得數両以解倒懸，半四郎要求御家老致歉不果，被逼大開殺戒，兩敗俱傷，最後身中洋槍，切腹致死。重看《切腹》，似曾相識，隱隱約約覺得其跟往昔某事件正好相同，御家老（當權者）若肯應半四郎（百姓）要求，道一句歉，即可化干戈為玉帛，惟御家老執迷不悟，以致血流成渠。噢！如煙如霧，疑幻疑真，何其相似！

谷崎潤一郎的瘋與癲

芸芸日本純文學作家當中，我獨崇谷崎潤一郎，七三年客寄伊東養病，長日無俚，多看書。除推理小說以外，文學的僅谷崎、芥川龍之介二人。常抄在手邊的是谷崎三十八歲時寫的《癡人之愛》，寫自虐被虐，日本文壇諸作家，無有出其右者，即便明治文豪「金阜山人」永井荷風亦難望其項背。

那時候，我只讀了不到一年的日語，水平不足，就添購一本《廣辭苑》，遇有不明之所，便參照對讀，懂了六、七分左右，餘下來的推敲揣測。不敢說領略小說要旨，大抵相去不遠。小說描摹男人對女人的極度執着，從暗戀、藏嬌、自虐到被虐、折磨，耽溺淒迷情慾氣味貫徹全書，台灣同學林原君只讀了一章，就再也看不下去。

當年郁達夫寫出《沉淪》，在中國文壇哄動一時，任公（梁啟超）掩眼，適之（胡適）感喟。獨有周氏兄弟周樹人（魯迅）、周作人不以為忤，知堂（周作人）謂：「此為東洋耽美文學之極致也。」到底經歷過東洋文化的洗禮，對東洋人情自有一種與眾不同的了解。

中秋夜，日友高橋對我說過一番言語——「人之初性本色」，小說不沾色，淡而無味。谷崎深得其旨，用他的耽美筆觸，肆意描寫男女之間種種有乖人倫的情慾糾纏。世間君子視之為洪水猛獸，而非道學者則必欣然入彀，自得其樂，我自是理所當然的其中一位入彀者。

《癡人之愛》人多以為出自杜撰，其實是谷崎的自述，女主角直美，實有其人，便是谷崎髮妻千代子夫人的幼妹聖子。谷崎鵠聖子，卻遭遇聖子百般播弄，換是平常男人，早已拂袖而去，男主角讓治安之若素，百般遷就，萬分糾纏，結局是孤獨一生。小說所寫的情節遠遠不如谷崎真實人生的萬分之一。谷崎髮妻石川千代子夫人，本身便是藝妓，其姊初子亦為藝妓，是谷崎的情人。換言之，谷崎本身早已沉淪於不倫之戀，遊走於三個女人當中，看似逍遙快活，悠然自得，實是苦中尋樂，這正是谷崎一生追尋的樂趣，以被虐為樂。

《癡人之愛》前前後後，看了五、六回，所依據者先是《中央公論》出版的文庫本，輕盈巧秀，便於閱讀，後又入手《新潮文庫》，一一對比，分別不大，卻又自得其樂。七四年歸港，興之所至，仿谷崎筆調寫了短篇小說〈離散〉，刊於《星島日報》星辰版，男女情色，出格之作，為免觸及禁忌，稍稍曲筆出之。主編何錦玲女史，看得頓足搖頭，頻說：「小葉，你真是離經叛道，大膽妄為。」我既不讀經又不入道，有什麼可離叛的？口出埋怨，何大姐還是錄用了，氣魄遠勝那些狗皮倒灶男編輯。〈離散〉內容大膽，技巧闕如，是一篇並不成熟的小說，後來又接寫了〈遲暮〉，便無以為繼。

《癡人之愛》實是日本私小說的濫觴，谷崎耽美文體的自虐小說，由是一發不可收拾，編輯成系列，有《春琴抄》、《細雪》、《鍵》，而綜合成大者，就是晚年所寫的《瘋癲老人日記》。

我初看這本小說，在八十年代一個秋日的下午，獨個兒坐在公園的綠色長木椅上，小心翼翼，一字一字地看。夕陽西下的一個老人，年華早去，殘軀弱體，自尊盡失，不敢攬鏡而照，臉上的皺紋，是心中的蚯蚓，發現鏡中怪物竟然是自己，啊噢！

八十年代，我方四十，老人心態我難明，今年，我正到了谷崎撰寫《瘋癲老人日記》之齡，就更能明白谷崎內心的痛苦。我跟他一樣，不敢照鏡子，晚上只能對牆私語。一燈如豆，搖晃不定，只剩下我一人枯坐，世界早已荒涼了。

老人在生命將盡之時，對女人作了自己獨特的註釋：「即便是壞女人，本質也不能顯露在外，壞得可愛是必要條件，壞也有程度之分，有偷竊、殺人者，雖然招人恨，也不能一概而論。即使我知道她是專門哄騙男人睡着後，偷竊的女人，反而更會被吸引。明知她是騙子，也難以抗拒其誘惑的……到了我這歲數，不會有什麼特別的艷遇了，如果現在我面前出現阿傳（明治年間毒婦，美艷絕倫，男子靈魂盡被伊奪，紅顏薄命，存活僅廿九載。）那樣的女人的話，被她親手殺死，才是最幸福的。與其像我現在這樣活受罪，不如乾脆被殘酷地殺死為好。我之所以愛颯子（媳婦）也許正因為她身上有我找的那種幻影。」一言蔽之，老人就是喜歡壞女人。

打五八年起，一路到六四年，谷崎六度提名諾貝爾文學獎，六四年，《瘋癲老人日記》已觸及得獎邊緣，可惜為一個橫蠻無理的女評審公然反對。理據是「過於性虐（SM）」，老人落選，翌年七月，老人含屈離世。越三年，六八年，川端康成獲頒諾貝爾文學獎，日本文化界大多認為這是諾貝爾評選委員有愧於谷崎先生，因此頒獎川端，作為一種彌補吧！

今夜於斗室中，愁思深蔽，借燈重看《瘋癲老人日記》，又是一番感觸。老人跟颯子的情慾糾纏，於我似曾相識，難道我早已成為了《瘋癲老人日記》裏面的那個孤寂的卯目老人嗎？斗室裏的燈，是寂寞的燈！

橋本忍預知死亡

「老師！你的小說許多都給改編成電影了，哪一部你比較滿意？」夕陽西下，漫山遍紅，鈴聲響，烏鴉悲啼。我在告辭前，問起松本清張一個這樣的問題。先生想也不想便回答：「是《霧之旗》吧！」為什麼？抽着「萬寶路」，往下說：「那是我跟橋本君一起搞的劇本，那段時光，很教人回味！」臉上一片怡然嚮往，跌進回憶的網。

橋本君就是橋本忍，日本影壇編劇天王，黑澤明御用編劇，噴了一口煙：「沈君！你可有看過他的電影？」我舉了《羅生門》和《沒有季節的廢墟》。松本支着下顎：「真是無瑕可擊的劇本，怎麼挑，也挑不出一根小骨頭！」我撿起枱面上我翻譯的《霧之旗》，帶點自豪說：「老師！看來我揀對了！」可能模樣有點兒怪，逗得他笑起來：「哈！這個復仇的故事埋在我腦海裏很久了，那時候我忙，可不忍捨棄，還是抽出時間把它給寫下來。碰巧山田洋次導演要將它拍成電影，我當然不反對，何況跟我一起搞劇本的還是橋本君哪！」不稱「老師」而叫「君」，是因為輩份比橋本高。松本生於一九〇九年，大橋本足足八個年頭，不是前輩是啥？問一起搞劇本，可有什麼難處？搖搖頭道：「沒有沒有！橋本君是天生編劇家，很快便把劇本寫出來，我一看，實在找不到碴，佩服佩服！寫小說我可稱專家，搞劇本嘛，還是外行，從橋本君身上學到了不少東西。」山田洋次執導的《霧之旗》攝於一九六五年，女主角是倍賞千惠子。電影我看過，要比七七年山口百惠的好。我洋洋自得地告訴先生七七年的電影，字幕是由我翻譯。松本帶點嘉獎口吻說：「沈君的日本語才讀了一年多，能翻譯小說和字幕，真了不起啊！」受寵若驚，至今不忘。

橋本師事編劇大家伊丹萬作，伊丹歿，夫人引橋本謁導演佐伯清。橋本利用工餘時間將芥川龍之介的短篇小說〈竹林中〉寫成劇本交予佐伯清，佐伯謁黑澤明，力薦之，黑澤以篇幅過短，着他另行將芥川的〈羅生門〉併入，最後由黑澤明敲定，拍成電影《羅生門》。一九五一年獲頒「威尼斯影展」金獅大獎，橋本忍一炮而紅，自此佳作不斷，

《七俠四義》、《戰國英豪》、《切腹》都是璀璨影壇的佳構，萬丈光芒永不滅。七十年代中期，健康漸衰，八二年退休，傳承伊丹萬作，橋本忍也少收徒，得其衣缽者僅中島丈博等三數人。七月十九日橋本忍因肺炎逝去，中島丈博哀傷逾恆，在東京新聞網述說了橋本二十四、五歲時在家中寫劇本的姿態：「一日八小時坐在寫字枱前，一坐下便開始不停寫作。只有在午飯和上洗手間時才會站起來。教寫一場電影或者電視劇，不會手把手地指導，而是逼你深思苦索。有時一日寫了十多回，仍說『不行』說退回來，正當我陷入怎樣寫才好的煩惱時，老師說了聲『沒時間了』，就會給以修改。改完一看，自己的文章只剩下一兩行。他從不褒獎我，還是後來聽得人家說老師誇我有才能。老師對自己的劇本非常有信心，說：『不必修改』。最後相見是去世的前一日，精神恍惚，卻還認得我，從床上撐起來，說了一句：『中島君，這回可糟糕了！』我以多次難關都度過，心想會沒事吧，可那一天終於來了，我不由有一種喪失感。」

中島感慨地說：「我已八十二歲，很欣慰能夠送先生最後一程。我們無法超越老師，他像聳立的山脈一樣地存在着，是當世最優秀的編劇家。」此話不假，小道而可觀，佳篇之足誦，日本影壇，無出其右。橋本忍活到一百歲離世，翻看晚年照片，奇哉怪也！無論髮型跟面容竟有幾分像松本清張！

推理大師佐野洋

我喜歡的日本推理小說作家，數目不多，松本清張固不必說是愛讀的一個，佐野洋的作品也很愜我意。近兩年來，不論台灣、香港，翻譯日本推理小說的人，愈來愈多，可惜的是，譯者雖多，懂選擇的卻少。搶譯、趕譯，這種要不得的風氣，始終瀰漫港、台文壇，松本清張的作品，依我看是被譯得有點濫了。事實上，松本先生的作品，並不是每一部都是優秀而值得介紹的，這一點，我在七八年訪日之時，便曾當面跟松本清張提過，他也呵呵一笑道：「我不是神，沒可能每一部小說都能保持一定的水平。」

比起松本清張，佐野洋的名氣或有不如，但是說到作品推理層次的周密與技巧運用的卓越，松本又顯然不如佐野洋。如果說松本的作品是社會推理派，那麼佐野洋的小說則可稱為技巧推理派。

社會推理派這個名詞，還是在松本成名以後才確立起來的，以別於以江戶川亂步與橫溝正史為首的「本格偵探」小說。它的涵義，正確解釋應是以推理為經，揭露社會黑幕為緯的一種戰後新興小說。中島河太郎稱之為正統偵探小說的變種，言之頗為成理。

至於技巧推理派，顧名思義，自然是以把技巧發揮至淋漓盡致為前提，支幹如何，已不在主要考慮之列。這種推理小說長、短兩處，頗為明顯，長處在於解謎另有一功，短處則易流於為推理而推理，不大兼顧合理與否。

若將日本偵探推理史的源流細看，江戶川亂步與橫溝正史，甚至小栗虫太郎等大家的作品，實質上已有技巧推理派的傾向，只是痕迹尚不顯明，而技巧仍未完熟而已。這一派的推理小說到了佐野洋手上，可說是完全發揚光大，石澤英太郎在評論佐野洋的小說時，曾經這樣說過——「佐野氏的作品，可說是推理小說技巧的最高表現，他雖然孜孜為技巧而着力，讀者卻看不到他的作態。可以說，他已完全撇掉了為推理而推理的陋習，這是一般推理作家所不能跟他比肩的。」

佐野洋的短篇推理小說集《七重密令》，是他個人推理技巧發揮至最高峰的一個結集，其中一篇描寫報館部長被謀殺，慘死於溫泉旅館，不但案情錯綜迷離，人情味也頗濃厚。佐野洋通過一條鎖匙，運用其精密的心理邏輯學，逐層剖析案發的可能性，構思巧妙，真非高手不能辦。佐野洋不獨寫得一手好的推理小說，就是隨筆一類小品，也寫得極好，說理雅致，是必讀的好文章。

原刊《明報》，一九八〇年六月二十二日

盲俠勝新太郎

「賭場裏，煙霧氤氳，瞎眼中年漢子身披棕色簑衣一逕地在呼盧喝雉，對面曲膝坐着的荷官，拿起骰盅正欲搖時，瞎眼漢子忽地暴喝一聲：『爾等出千騙人？』荷官未及回話，身邊一眾嘍囉罵聲四起：『滾你媽的蛋！死瞎子！砸場子，找死不？』霍地站起準備動手，瞎眼漢子了無懼色，『嘿嘿』冷笑數聲，右手『刷』地拔劍，白光乍閃，迅即回鞘，眾人猶未同神，蔗上白燭『沙』地一聲，分裂為兩邊。瞎眼漢子冷笑道：『哈哈！沒光了，那可是我的天地呀！來吧！』眾嘍囉紛撲上去，漢子右手連揮，正反手交加，電光石火之間，嘍囉全都倒下，血流滿蔗……」一九六五年我在銅鑼灣「樂聲」

戲院觀看《盲俠聽聲劍》，開首一幕就教我驚呆莫名，自此成為盲俠迷。《盲俠聽聲劍》本是日本「盲俠系列」第五集，原名《座頭市的爭吵之旅》，攝於六三年。兩年後方引進香港，一炮而紅，飾演盲俠的勝新太郎隨之成為我偶像，代替了一直盤據心中的三船敏郎。

朋友罵：「你呀！喜新忘舊！」我默然承認，可這真莫奈其何呀！我從不盲目心儀男明星，勝氏演盲俠，多番臨場觀察學習，親自拜會「座頭」（日語：即瞎子按摩師），相結為友，朝夕與共地生活了一段時期。明乎此，就不難理解緣何會有那麼細緻的演出。舉兩個例子吧！酒保替盲俠斟酒，欺他是瞎子，料不知何時斟滿，盲俠用食指拈住杯邊，酒液濡手即喊停；盲俠過獨木橋，先用藏劍拐杖向前左篤右掃，辨明前無障礙，即急步過橋，看似不經意，實則是長期揣摩「座頭」生活習慣所得。

七三年我棲東京，一日跟日友清水逛赤坂見附一家高檔會所，喝酒間，忽聽得台上響起雄亮高昂男人歌聲。傾耳聽，是洋曲《Sunny I Love You》，循聲望去，一個身穿白色西裝、脖子繫淺藍領帶、袋插同色領巾的漢子正在台上引吭獻歌，甫看一眼，呆住了！那……那不是勝新太郎？清水應道：「Sou Desu（是呀）！」天啊！真是偶像勝新太郎呀！歌是唱得好，可咬字不準，「Love」到了勝氏嘴邊，變成「Lo勃」，東洋人學英文，永遠學不好。唱完歌，勝新太郎走過來打招呼，原來跟清水是老相識。清水告他我是香港影迷，勝氏豪邁地拍拍我的肩膊道：「哈巴（註：葉姓日語唸法）桑！謝謝你！我的歌唱得可好？」酒壯膽，我居然向住他唱——「Sunny I Lo 勃 You!」逗得眾人笑了。勝新太郎不以為忤，忙問英語應怎麼唸？我讀以「Love」，他跟着唸，好多遍，還是「Lo 勃」，清水笑得淌淚：「勝大哥！我們還是喝酒吧！I Lo 勃 Sake（日語：清酒）！」大家笑得捧腹。勝新太郎好酒，酒量也大，人家用小杯喝「Sake」，他用水杯喝，一口一杯，臉不改容，難怪九七年得了喉癌去世。

《盲俠》電影始拍於六二年，到八九年為止，歷二十七年，共二十六部，是日本影壇第二位長壽片集（第一是渥美清的《寅次郎》）。勝新太郎拍了《盲俠》，躋身於天皇巨星之列，地位不遜三船敏郎。黑澤明欣賞他，邀他演《影武者》，卻因劇本問題，屢跟黑澤拌嘴，黑澤一氣換上仲代達矢。勝氏賭氣，誓要拍好《盲俠》，卻成強弩之末，自任老闆的「勝氏製作」一敗塗地，欠下十二億的債，無力償還，終致倒閉，勝新太郎的演藝生涯由此打頂峰滑落。

《盲俠》取材自武俠小說宗師——子母澤寬的《懷中筆記》，原著寥寥六千字，記述座頭生活，卻被編劇家大塚稔看中，添枝加葉，寫成電影《座頭市物語》，一片風行，也就源源不絕拍下去。後來的《盲俠》系列，加進「插曲」《座頭市子守唄（搖籃曲）》，勝新太郎主唱，詞云——「流浪於夕陽下，向死者歌搖籃曲，無邊盡處有人在哭泣，那陌生國境裏的蟬兒正鳴着。」花謝葉落，雪舞半空，旅人惆悵，勝大哥！你可在天涯？

從日本搶花說起

獨個兒居家，除了寫文章、看看書，還有啥好做？有人問看什麼書呢？大抵都是一些雜書、閒書：明清筆記，日本作家隨筆等，就是絕不多看小說，尤其是那些長篇累贅、文字晦澀難解的，心煩。日本作家隨筆寫得好的不少，最喜歡的還是福永武彥和五木寬之。福永清癯韶秀，書生典型，《遠方的迴響》、《草之花》，早在日本已讀過好多遍，自忖寫不出這樣深邃的境界，只好臨淵羨魚，網也不想結矣。五木寬之篤佛，一臉佛相，長篇小說《親鸞》，講佛論經，已成傳世之作，可我獨斷，迄今還是喜歡他的隨筆《隨風而逝》。在秋葉原「書泉」購得文庫本，一夜讀完，動手翻了一篇，寄付香港報刊，卻被投入字簍中，屍骨全無。九十年代，五木來港為《青春之門》作介紹並洽談翻譯版權，在半島酒店總統套房見過一面，親筆簽送一冊《青春之門》予我，厚如磚頭，拈手沉沉。我化繁為簡，特別提到了《隨風而逝》，五木咋呼咋呼地，正臉問：「沈桑，居然會看我的隨筆，是真的嗎？」表情詫異，正因中國讀者千篇一律地只提他的《青春之門》。我點點頭，告訴他我最怕看長篇。「為什麼？」不解地問。「不為什麼，沒耐性喲！」我的回答，教五木笑起來：「居然還有像沈桑那樣篤實的人呀！」我心裏疙瘩，這不是說我們中國人好說門面話嗎？

老了，日本書看少了，這樣說也不公道，其實中國書也看不多。如今只在五四時代的書堆裏面，披沙淘金，選讀的僅是周作人和梁實秋。論文字，實秋先生稍勝，說內涵，知堂老人佔優。論道日本文化，近代中國文壇上，無論學者、作家，無一可跟他相比。知堂說過要研讀日本文化，並非只靠文學一度板斧，而是要將範疇擴闊，專注於民俗學。在《日本管窺》裏，周先生教人讀柳田國男的《遠野物語》，說明要懂日本非從民俗學着手，此外並無捷徑。在日本讀到這篇文章，我特意從世田谷老遠跑到神保町，在誠堂舊書店淘了一本明治版的《遠野物語》，回到家裏一夜看畢。《遠野物語》記的就是遠野（今岩手縣內）地帶的傳說，短短一則，包含着豐富的民俗文化，後來我在《明報晚報》的第一個專欄「東瀛怪異錄」裏，採用了不少柳田氏的文章，再而順住知堂老人的指引，看了不少日本神話的書，包括柳田氏的另一部巨著《妖怪談義》，於是對日本的廟宇、神社產生了濃厚的興趣。我在日本的台灣同學，學日語多是為日後生活謀，學成歸故里，大多是當導遊、辦旅行社、開料理店、或是考進日本公司做事，不發大財也成小康，只有我這個獃子，醉心日本文化，如今一貧如洗。

近日無聊，天雨不停，悠悠然想到《遠野物語》，心裏面緬懷着日本的民俗文化，忍不住提筆寫篇小文來談一下。日友小島末夫曾這樣寫過：「日本在第二次世界大戰時期，遭美國投下原子彈，長崎、廣島成了廢墟，戰後，官民上下一心，加上美國扶持，經濟一日千里，自不待言。到過日本遊覽的外人回國後，對日本的繁榮讚不絕口，唯一埋怨是日本物價昂貴，可見都是抱着去shopping、走馬看花的心態看待日本，這有哪能了解日本的文化？日本文化精華所在，其實也不如現在一般關心日本文化的人所認為那樣，是在所謂現代文學身上。現代文學自有其本身價值，但無可否認，這僅是整個東洋文化體系的一部分，單從現代文學入手，便以為對東洋人的精神有一定的理解，或者再加上在日本瀏覽的一段短日子，便奢談日本文化事物，那麼所理解的、所談的，跟日本真正的精神文化，相距又何止千里之遙呢！」

日本戰後，漸趨西化，可幸一般傳統事物仍被保留。花道、茶道、劍道、圍棋、歌舞伎、柔道，甚至好一些山野風俗，無一不在承傳而有着更大的發展。講述日本精神文化，就不能不提日本的廟宇和神社，我住在世田谷松原時，一到夕陽西下，必往詣附近神社，聽烏鴉啞啼，看倦鳥歸巢，聆竹敲池水，足可解一日之憂。七三年春夏間，偕竹內實教授同遊京都清水寺，清水寺下面的林蔭山道上，有許多涼亭，這是吃水豆腐的地方，聽說嚐過這裏豆腐味道的人，很少是不再回頭的。清水寺庭園寬敞，殿堂氣象恢宏，看到這樣巍巍峨峨的廟宇，豈能不輕嘆？竹內教授告訴我在日本像清水寺這樣的廟宇，簡直恆河沙數，數之不盡。每到祭祀日，殿堂便是祭神、舞蹈的所在。翻開日本歷史一看，就可以知道舞蹈的傳統藝術，跟廟宇有着不可分割的關係。

廟宇祭神的舞蹈大多在正月間舉行，各地廟宇為了祈求新年安泰，五穀豐收，例必舉行修正會與修二會，習慣上是修正會在正月舉行，修二會則在三月間。太田大和尚說修正會和修二會，除了有祈求上蒼降福的意義外，還有驅魔袪災的作用。現時北美濃長瀧白山神社，每年正月初六日依然還舉行這樣的傳統舞蹈。舞蹈藝員手提長竹竿，竿上掛着用紙、緒及纖維做成的叫「幣」的東西，在舞台上走動。他們頭戴金鳥帽子，身披綠色狩衣，圍繞舞台，邊走邊喊叫吉祥好說話。廟宇殿堂入口，吊着花笠，插滿花，到來參拜的信徒，爭先恐後地湧上去搶花，情況一如長洲的搶包山。

太田大和尚說：「一旦搶到花，樂得開了花，哈哈，這一家就有一年的風調雨順盛景咯！」搶花，是精神上的；搶包，是物質上的，中日文化不同，分別在此。

第五輯

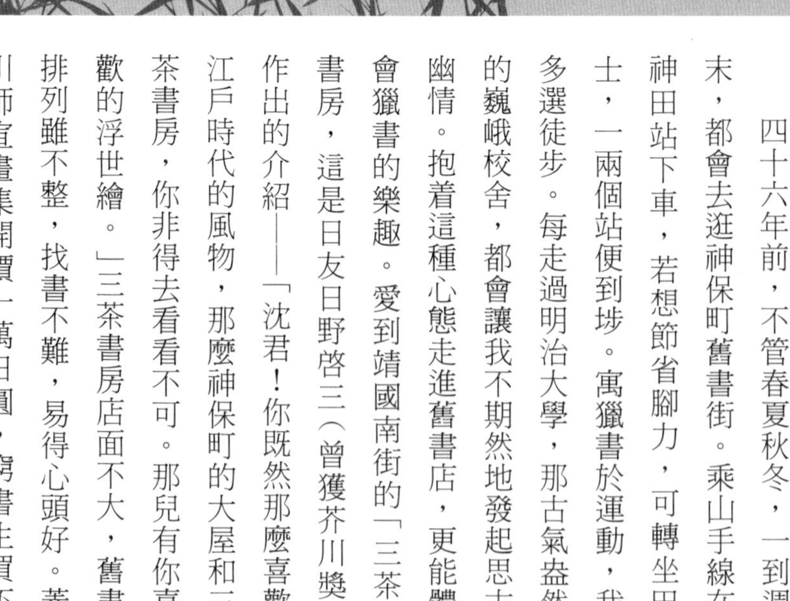

舊日書店情

四十六年前，不管春夏秋冬，一到週末，都會去逛神保町舊書街。乘山手線在神田站下車，若想節省腳力，可轉坐巴士，一兩個站便到埗。寓獵書於運動，我多選徒步。每走過明治大學，那古氣盎然的巍峨校舍，都會讓我不期然地發起思古幽情。抱着這種心態走進舊書店，更能體會獵書的樂趣。愛到靖國南街的「三茶書房」，這是日友日野啓三（曾獲芥川獎）作出的介紹——「沈君！你既然那麼喜歡江戶時代的風物，那麼神保町的大屋和三茶書房，你非得去看看不可。那兒有你喜歡的浮世繪。」三茶書房店面不大，舊書排列雖不整，找書不難，易得心頭好。菱川師宣畫集開價一萬日圓，窮書生買不起，卻又依依不捨，只好打書釘。店員心地好，過來推薦——「也有較便宜的，一千五百元。」手指不遠處的木桌子，上面放着菱川師宣小冊，翻開看，都是《回眸美人》的姿影，體態豐華，艷如芙蓉，哪能不買！攜回家臨摹幾幀，復得草苗幫忙着色，居然不賴。她戲說：「坊っちゃん（少爺），你是小樣的菱川師宣啊！」草苗去世已四十四年，她口中的小樣菱川師宣，已成垂垂一老翁。既來到神保町，不能不去「東陽堂」，受了知堂的催眠，要查找日本女性的國民性，那非得看井上清的論著，買下《日本婦女史》（三一書房）翻了半部，酡然欲睡。性遠學術，還是翻看福永武彥的小品愜意。回程走訪鈴蘭大街的內山書店，去得頻密，早跟老闆娘混熟，聊起她的大伯內山完造：「死也要死在中國，唉！真是太愛中國了。」老闆娘深情地說。每來內山，都肩負着任務，為劉以鬯和黃俊東兩先生購書。店內舊書琳琅滿目，可所需絕版書不易覓得。老闆娘堆着歉意的笑容：「葉San！我盡量查找看看，下個星期你再來，可好？」

日本養成的習慣，回港後仍未斷，閒時也會去逛舊書店，不像日本那麼具規模，香港舊書店雜亂無章，東一家，西一所，往來費時。承俊東兄好意，介紹了兩家：灣仔「波文」，油麻地「實用」。「波文」老闆黃孟甫，福建人，年齡跟我相仿，很談得來，一個星期總會去一兩回，沒客時，坐在逼仄的店堂間，喝茶，聊天。「波文」有不少絕版書，供不應求，孟甫就重印，賣出後，跟供書者分賬，倒也公道。簡鐵浩校長是藏書家，供書最多，還有掌故大家高伯雨老先生和黃俊東亦盡了不少力，非為牟利而係傳承。司馬長風告訴我「不少新文學資料都是黃孟甫先生義務提供的。」孟甫對文人抱有一定的尊重。後來，擴張過急，印書太多，週轉不靈，被迫結業。這之後，再也沒見孟甫了，一算，四十多年矣，故人無恙？「實用」龍老闆一等一的好人，那時我迷周作人的小品，手邊僅得《雨天的書》、《夜讀抄》和《苦茶隨筆》，心有不甘。龍老闆一力擔承：「包在我身上。」一番辛勞，終於集齊。一列知堂小品排在小書房書架上，井然有序。挑燈夜讀，遇好句佳言，輒用紅筆圈下並注批，吟誦再三，苦思其意。

搬家了，妻把它全送人。多年後，努力蒐集，僅得數半，幸好《知堂回想錄》還在，不然死難瞑目。多年前在一個晚宴上，我認識了王氏兄弟，經營「上海書局」，一談投緣，邀我去干諾道西一幢舊樓上的書店看看。面積廣，天頂高，中央一排長木桌，天花板底下東西牆角拉鐵線，縱橫交錯，一端有鐵夾，用作傳稿件，方便實用。小王先生告我，上海「北新書店」也是同樣格局。在香港，「上海書局」唯我獨尊。我跟「波文」和「上海書局」有段淵源。前者出版我處男作《梅櫻集》集；後者發行了我的推理短篇《怪蛾》，都是白頭宮女話玄宗的舊事了！王氏兄弟如今可安在？不敢尋問。正是：回憶曩昔，都如夢痕。

舊作·往事·中日文字緣

七十年代，我從日本遊學歸來，進入文字界，出版了文集《梅櫻集》和譯作《換妻》。

寫作至今，到底寫了多少部書？從沒統計過，約略一數，沒一百，也有八十吧！跟卓然有成的大家相比，自是微不足道，可也不在少數矣。若問我有喜歡的嗎？個人喜好，還是傾向早期和最近期的兩個階段。近期的，就不打算說了，時間相隔短，沒什麼懷舊的價值，倒是早年的，有兩本常存心中，很值得拿出來略談一下。

我正式進入文字界，應在我打日本遊學歸來，大約是一九七五年。我有興趣學日語，卻不大喜歡做嚮導、開日本料理館，因此所學日語用不到日常工作上去。父親的朋友，住在我家對面麗都大廈的于先生，偽滿洲時期，在滿洲大學讀日語，到了香港，一直在日本住友株式會社工作，部長級別，差一腳，就入董事局，在社內有點實權。父親託他替我覓一份差事，由於我英語不俗，入了外貿部，只幹了兩個月，就開小差。我不習慣日本人那種上對下的刻板性規條和紀律，沒辦法坐牢那張椅子。父親倒沒什麼，母親可生大氣了，罵我不懂好人心。

投閒置散好枯燥，想到求學時期投過稿，遂重操故業，寫些文章投去報館、雜誌。雖云園地公開，那是騙人的鬼話，篇幅逼仄，名家一擠，我們這班小不拉子，只好靠邊站，還哪有吃飯的份兒？我尚算幸運，十投二中，稿費拿來當零用錢花還可以，可那時我已結婚生女，一家三口的日子，全靠我一個人扛，母親當有補貼，總不能厚着臉長做寄生蟲吧！那時我正為《中文星報》寫免費影評（酬勞是免費觀影），主編李文耀為我搭橋鋪路，介紹我去找《明報月刊》編輯黃俊東（克亮），請他代想辦法。克亮兄大我十三年，肖狗，很同情我的遭遇，知道我懂日文，就叫我從日本雜誌裏面翻一些關於近代中日文化交流文字，經他手轉交總編輯胡菊人。菊人兄長我十二年，同肖豬，熱愛年輕人，就採用了我的稿。從七五年起，到菊人離任，我一直有為

《明月》供稿，題材廣衍，文化、歷史、遊記、經濟……數不清。

某夕，克亮和黃孟甫（波文書局老闆）跟我茶聚，閒談中，提到我的文章，克亮建議我把文章結集成書，孟甫轟然叫好。於是克亮題書名，張同老哥繪封面，孟甫出資，弄成了一本《梅櫻集》，序云——「『梅櫻』二字，何所云乎哉？蓋以此直指中日事也。鄙人讀書，殊嗜雜覽，遇可誦者，即細誦之，誦畢，興猶未闌，輒筆之於破紙，窮年累月，積壓漸多，稍事編集，彙成一書，即衍為拙集曰『梅櫻』。」末耑「丙辰春記記於迎海樓」，當為一九七六年，內中有幾篇文章，殊可一讀，如〈日本人談郁達夫〉、〈郁達夫早年的生活〉、〈日本人看周作人〉、〈魯迅與內山完造〉、〈中國的一九三〇年代與魯迅〉、〈魯迅與山上正義〉、〈內山書店的今昔〉，都是很好的中、日文化史實。出版後，因毛頭小子無聲名，銷路不暢，我也意興闌珊。年前，有友人復刻出版，反應稍佳，得以流傳。

《梅櫻集》後，不旋踵又出版了《換妻》，是性質完全不同的日本短篇推理小說集。無懼虧本風險的投資者是《明報》字房領班陳東，他是我們「吉祥」下午茶小聚成員（其他成員有克亮、哈公、王司馬、麥中成和我）。怕他賠本，陳東擺擺手：「怕什麼，我出書，執字、排版不計錢，紙張有報館紙頭紙尾，印刷嘛，就交由我老友的永齡印務。」一切從廉，封了蝕本門。老朋友水禾田設計的松本清張肖像封面，為書添色；許公許（哈公）復題書名，錦上添花。

我在這本書的扉頁上寫道——「收錄在這裏的九篇短篇推理小說，是我在這兩、三年裏，偶爾乘暇翻譯，刊登在報章、雜誌裏頭的習作。這九篇習作中，〈睡新娘〉、〈背後的影子〉、〈徐娘的襪〉、〈中禪寺湖情死事件〉與〈紅蜘蛛〉等，都曾經在《明報》副刊上連載過，而所採取的譯筆，也是以直譯為主。本來〈情婦〉也在《明報》上發表，不過因為是意譯，所以不撥歸在上一個系列裏面了。另外〈L夫人的畫像〉、〈換妻〉與〈挾帶私逃〉，則分別發表於《星島晚報》、《星島日報》和《幸福家庭》裏，所採取的全是意譯，而且為着要照顧篇幅，還作出了若干程度的刪節。這九篇譯筆不一，內容各異，而作家也包括了有松本清張、橫溝正史、三好徹、森村誠一、戶板康二與佐野洋，在翻譯上，這些作品都不能算得上成熟，敢以此彙成一個集子，除了含有以資記念的性質外，朋友的鼓勵，是一個最重要的理由。譯者七八年七月二十五日記。」

以口子推算，我譯寫這些小說時，才廿八歲，青春年少，英姿勃發；如今，華髮滋生，舉腳如鉛，一步一驚心，而吉祥之友亦僅剩克亮與我二人，各隔一方，難以見晤，寧不涕泫？

我欠日本小說家一個人情

是三十多年前的事兒了，朋友到東京公幹，我託他帶個口信給中薗英助，請他把最新出版的小說空郵給我，我實在急不及待，要先睹為快。朋友的行程是一個禮拜，一回港，就給我電話：「阿沈，我懷着希望去，帶着沮喪歸，我聯絡中薗先生不到，你給我的電話號碼給換掉了，東京電話局無法查到他的電話。」朋友這樣回答我，臉上充滿誠懇，當然不是敷衍，真的找過了，卻找不着。

中薗英助是日本第一把交椅的間諜小說作家，曾得到過推理小說大獎，我去信道賀，回我一柬曰：「承蒙讚美，愧不敢當，日後自更為努力。」日文大意如此，另外還附有幾行小字，寫得很草，瞇着眼也看不清，約莫是：「刻在撰一部長篇，八五年可望出版。」後來，我在《朝日新聞》文化版上看到新書廣告，裏面赫然有中薗講述蘇曼殊的新著《櫻之橋》，諒便是信裏面所提的那一本吧！碰巧朋友往日，便央他登門去索取。豈料事與願違，空手而回。

日本作家，向來受尊重，查電話簿，定能找到電話。一九七八年到日本，就是憑藉這個方法，跟松本清張聯絡上。故技重施碰釘子，唯一的解釋，就是中薗英助沒有用自己的名字註冊。他是愛妻家，一定是用了太太的名字登記，沒辦法，只好寫信去追討。

中薗的小說寫得不俗，卻不容易譯，他比較習慣用長句子，又喜歡在文字上做工夫，講究章法，日文程度稍差，就不易看懂，更遑論翻譯矣。多年前我翻過他一篇回憶周作人的小文章（收錄在《梅櫻集》裏），短短千餘字，弄了整個下午，看看還是不大滿意，足見彼之文筆是如何的苦澀。那本《櫻之橋》，中薗希望我能翻譯為中文，在香港出版。我答應了，可翻看兩章後，以我日語之不濟，翻譯下去，定必畫虎不成反類犬，慌忙回信，托辭事忙，無法應命。其實那時我正失業，賦閒在家，多希望寫稿譯書，幫補生活呢！中薗君已去世，書又譯不成，我欠先生一個情，永遠還不了！

我的日語老師

七二年秋我到東京習日語，進大久保「國際學友會日本語學校」，到達羽田機場已是傍晚，擔保人岩本高伺先生來接，會講一些簡單粵語，我倆沒有了言語上的隔閡。是夜進住父親友人香予伯的公寓，隔天，隨岩本到學校報到。「學友會」是日語名校，有近百年歷史。既是名校，校舍必然宏偉壯觀？到埗一看，眼前是一排矮矮兩幢高房子，庭院草木凋零，正與十月殘秋相映。辦了手續，職員告以下星期三開課，並通知寮（宿舍）名額已滿，須外住。這樣一來，頭痛矣，一時三刻，何處覓居停？香伯母是老日本，立刻找朋友，結果在世田谷區松原町覓得一個八蓆有洗手間配套的房子，付好押金房租，第二天便入住。房子空空，傢具匱乏，自己動腦筋，到附近傢俬店買，指手劃腳，雞同鴨講，買了寫字枱和椅子，另又向百貨公司要了榻榻米和被子，再加一座小型電視機，規模初具，也就安安樂樂地住了下來。

首半年是日語初班，老師早川治子，「卡娃依」（可愛）小姑娘，大學剛畢業，了無教學經驗，對付咱們一班國際牛鬼蛇神，卻綽綽有餘。第一堂「阿依嗚唉喔」地唸字母，大夥兒叫得價響。班上同學，國際大雜燴，香港、台灣、英國、德國、芬蘭、南韓、越南……，英語成為通用語。早川老師不講英語，全用日語一課課的教，學了一個月，五十二個字母學全，懂唸懂寫，偶然會哼上單句：「我是中國人」、「我是學生」、「枱上有一本書」等等；單字嘛，也學了不少，至少能到士多店買麵包和拉麵。早川老師教得刻板，咱們學得拘謹，不旋踵，上課的學生愈來愈少，最後只剩小貓三四隻。我嘛，白天睡到日上三竿，中午到電影館看電影，晚上泡酒吧，跟媽媽生胡謅日語，學懂了不少日常會話。三個月過了，換老師，叫土岐，真正土，上堂一本正經地教「文法」，什麼上一段、下一段，媽的！頭也暈了，一於以不上課杯葛之，土岐也無奈我何。日語班唸全日，土岐教上午班，下午有英文課，山本伊津雄老師教授，濃厚的日本音，聽得刺耳，索性跟他談中日戰爭，各抒己見。轉眼半年，學業無寸進，期考剛合格，跟台灣同學相差甚遠，自忖這日語怕也學不成了，遂生賣棹回港之念，要不是碰上多谷老師，回港已成事實。

七三年三月進入中級班，蘭質蕙心的多谷女老師來上課，三十餘歲，授課時，語調輕柔如薰風，態度和煦似暖陽，我被她的風采牢牢攝住。第一天上課，多谷老師便問我們學習日語半年有何得着？人人噤若寒蟬，多谷老師笑了笑，抽樣查詢，正好選中我，我信心滿滿地用日語回答，以為定能得到嘉許，孰料多谷老師柳眉一皺道：「葉君！你哪裏學來的市井俚語呀？唉！」長長嘆口氣，很是惋惜，原來我在酒吧所學的是下級日語，在東京不管用。多谷老師又問德籍同學賓特對文法的了解，結果是虛應故事，也就是說半年我們所學不多。多谷老師說：「好吧！我重新說動詞變化！」教我們把教科書塞進抽屜，聽她講解。只見她在黑板上寫了一個「食」字，然後列出過去式、現在進行式和將來式的變化。奇怪的是，生硬苦澀的文法，在多谷老師生動、有趣的闡釋下，一下子活了。這樣一天教三四個動詞，不久就融會貫通，懂得動詞的不同變化了。一懂得，可以說已掌握日本文法的基礎，藉字典之助，便懂看報紙報導和簡單文章。奇怪呀！多谷老師授課三個月，我沒缺一堂課。三月下旬，天氣仍冷，一早飄雪，我撐着傘趕回學校，課室裏除了多谷老師，僅有我一個學生，上課時，我看到老師的眼角淌有感觸的淚影。七月暑假，多谷老師跟我道別，之後再無相晤。匆匆四十多年，老師若健在，怕已是八十過外的老人。我之能懂一點日語、譯一些書，端賴多谷老師的悉心指導。今看日本書，遇困難，就會想：「有多谷老師在，該多好！」

中秋夜憶

中秋已過，仍念中秋。憶三十八年前，在東京的一個中秋，與秋子同過。

日本人雖不重中秋，也知有中秋這節日，江戶俳句亦屢有提及，如「秋風來了，青蛙止鳴」，禪味十足，可對月的思緬，則不如咱們中國人。

那年中秋夜，秋子引我到上野公園賞月。我倆鋪草蓆地坐，仰望朗月。月皎而亮，時帶媚意，正類我身側的秋子。秋子盈盈一少女，在川崎一家書店當職員，我去書店看「川端康成」展，她負責招待，因而相識。

她頗異於我一個外國人，居然能懂川端的文學之美，其實不然。我只看到川端文學表面的靜寂之美，對它背後的種種深邃哲理，仍不着殿堂，但已足令秋子折服。

展覽會散後，她主動邀我喝咖啡，一杯爪哇咖啡在手，話匣子打開，聊的盡是明治、大正、昭和時代的文學。

秋子博識，對日本近代文學的源流，瞭如指掌，我幸虧在到了日本一個年頭後，努力啃中村真一郎的《王朝文學論》和坪內逍遙的《小說神髓》，才勉能跟秋子對應相和。

秋子喜歡永井荷風，我偏愛谷崎潤一郎。

秋子欣賞泉鏡花，我崇拜芥川龍之介。

那時我很瘦，僅一百一十八磅，秋子謔笑我說：「你真像芥川龍之介！」原來芥川也瘦削，帶神經質，樣貌、性格跟我真的頗有點像，當然我沒有他那種絕世才能。

回到上野的中秋夜吧！我們由晚上九點多，月上中天，坐至月兒漸斜。

忽地，天暝月上，鼓吹百十處，大吹大擂，十番鐃鈸。漁陽摻過，動地翻天，雷轟鼎沸，呼叫不聞。原來附近神社奏樂助興，於是管絃迭送，人人獻技。秋子站起來，在我面前輕盈倩舞。如今伊人何在，舞影何處？三十年來，總成一夢，今當忝熟黃粱，車旅螘穴，當作如何消受！

憶中日故家

周作人撰有《魯迅的故家》一書，記述魯迅翁童、少年時期生活，頗有感觸，想到自己的故家，東施效顰，無妨寫一些來談談。所謂故家，其實有三處，一在上海，其居室大致已不復記憶，現只憑模糊印象，略事記敘。吾家在西藏南路同康里，是一所面積不到八十方呎的亭子間，臨街開有窗門二，可窺街上行人往來。天未破曉，路燈猶明，便有小販手推木頭車進里，沿途叫賣：「粢飯——豆腐漿——大餅——油條！」熱飯暖漿香餅，乃成里民爭購對象。須臾，物罄人散，挑擔小販，邊哼申曲小調：「金絲鳥在那裏嗚叫歌唱，一聲聲似對我訴說哀傷……」邊朝里巷入處，迤邐而去，頃刻不見影兒，而普羅里民，亦復束裝上道，各奔一日之程。同康里之末端，依記憶擺有食肆，雖稱肆，實則攤也，借人家門前一角，搭起帳篷，擺枱、椅數張，即成格局。午間，勞苦大眾群聚，人聲沸然，店伴穿插其間，手捧菜餚，往來迴旋而不倒，恍似馬戲雜耍，身懷絕技有意炫人，蓋此亦為招徠客人手法之另一面焉。一過晌午，午膳客散，尚可得片刻寧靜，未幾即成兒童樂園，街上孩童，多至數十，或捉迷藏，或效古代俠客作攻城之戲。分成兩方，一曰「忠」、一曰「奸」，彼此以玩具紅纓槍或木削大刀對抗，戰況激烈，而終以「忠」方勝。「忠」方人強勢盛，萬眾一心，焉有不勝？或曰「邪不勝正」，亦是「天道」。余常參與其戲，今思之，七十載前塵，猶如淳于棼得一夢，人世多幻，兒時童伴，今悉星散，生死未卜。

二在香港，居此島逾七十載，人煙稠密處，蝸居得臨海而築，日夕見海鷗、歸帆，可謂幸焉。惟此七十載，碌碌而過，諸事無可多記者，暫且不提。三在日本，居留僅二載，所得勝本地。七二年秋，孑身取道東上，至東京，託友覓得一獨立小屋於世田谷區松原，地近明大前車站，面積較同康里稍寬，方百餘呎，附有浴室，可免買熱水於老虎灶，晚間進浴，至為方便。余初不諳東洋風呂，誤以香港式進之，因而為鄰人所訕笑，未幾，改從東洋傳統，鄰人樂引余赴日式風呂。老闆為一中年婦，目光灼灼如隼，安能易衣？鄰人則甘之如飴，來之安之，褫衣進浴，旬日即慣，再無羞逼之狀。浴室集傳統、改良二式而成，浴池敷洋磚，湯水則用大正古法熥成，浸浴其間，遍體舒泰。浴室有按摩之設，多女瞽師（盲技師），年在三、四十間，手法輕靈佳妙，勝新宿土耳其浴室掛羊頭賣狗肉者多多矣，然銷魂蝕骨處則遠不逮也！浴室無搓背工人，顧客欲搓背，惟有彼此照應，肌膚相接，於熱氣瀰漫中，白肉交蒸，寫意無比，亟願長作浴中人。浸久成癖，每夜非浸此浴，不能成寐。

蝸居家具簡單，寫字枱、椅各一外，僅置小暖爐、蒲團等物，鋪蓋亦係榻榻米，日間推入紙櫃，晚上睡時，取出往地面一鋪，便成席夢思。地為草蓆，夏日炎炎，陰涼似空調；入冬，寒風穿窗入，冷不可擋。無已，用餘錢購一卷紅毯，橫鋪蓆上，與枱燈赤罩，輝然相映；而下半身則縮進暖燵，借電氣取暖，手握酒杯，復以清酒補暖燵熱氣之不足。

每屆此時，每多瀏覽日本古典名籍排遣寂寥，尤以平安、江戶兩朝為最。平安《源氏物語》看不懂，只能讀《懷風藻》、《扶桑集》；江戶時代者，受知堂影響，耽讀《浮世風呂》。初時，頗費解，文言用法，素未研習，徒憑字典，一目一行，耗時甚久，所得不多。改看近代小說、隨筆，仍多有未解之處，總勝古文費解耗時。說所得不多，仍有所得，即指旅居東洋，有讀書之閒暇。反之，居港七十餘載，奔波勞碌，何能得讀書之樂趣！——我之學問，多得於東洋也。

陋居淺隘，正門對開處有一明渠，積水時少，無水時多。隔渠為東洋老式人家，家中不備水廁，糞尿充塞毛坑，至臭不可仰時，用水沖出，堆積渠中，風起處，臭氣和風飄來，中人欲嘔，閉門隔之，輒覺胸悶氣塞，自擔水出，倒於渠中。目送穢物流去，得暫解困。惟未幾，臭氣復來，其味更烈，日夕相伴，終不覺其臭矣。日友笑言：「日夜炙之，臭亦為香。」噫！此豈非「如入鮑魚之肆，久而不聞其臭」？相視大笑。

居之近處，有小酒吧，名為「吧」，實小酒館，進門右側設弧形櫃枱，內有男、女酒保各一，客環伺而坐，低斟淺酌，輕吐演歌，偶爾女酒保作陪酒娘，亦止乎於「陪」，餘皆不可及。素喜此酒吧，夜每有暇必至。「香港桑（香港先生）來矣，香港桑來矣！乾杯！」一眾日人酒客大喊。小酒館未作竟夕營業，子時打烊，酒興若未闌，輒呼朋喝友，勾肩搭背共赴吾家作鯨飲。醉後，橫七豎八，臥地而睡，及醒，酒友皆不知何去；翌夜又相見於酒館，模模糊糊，似識非識，頻喊「Hajimemashite」（幸會幸會，未請教）而樂在其中。

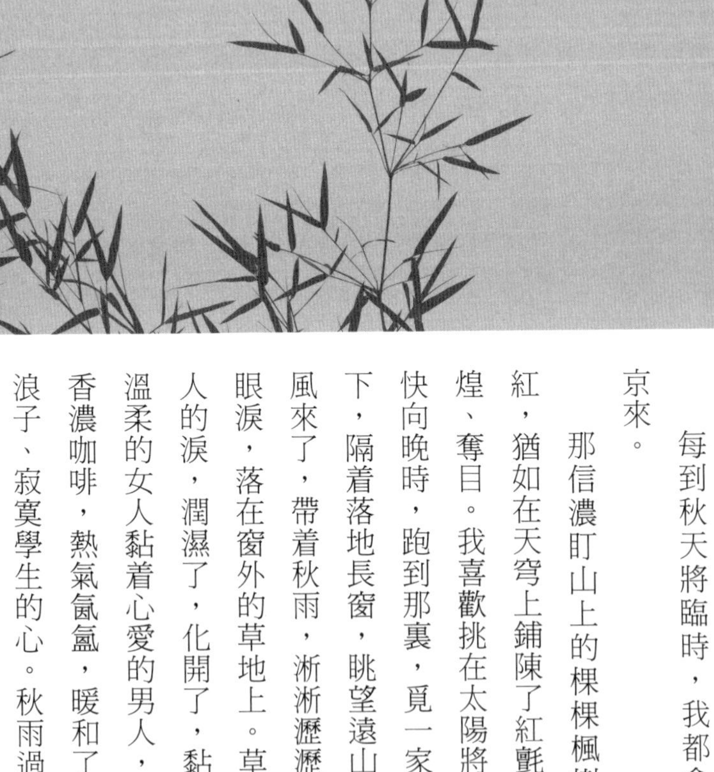

東京思念

每到秋天將臨時，我都會懷念起東京來。

那信濃町山上的棵棵楓樹，開得火紅，猶如在天穹上鋪陳了紅氈，燦爛、輝煌、奪目。我喜歡挑在太陽將西斜，白日快向晚時，跑到那裏，覓一家小咖啡館坐下，隔着落地長窗，眺望遠山的楓樹。秋風來了，帶着秋雨，淅淅瀝瀝，像美人的眼淚，落在窗外的草地上。草地承受了美人的淚，潤濕了，化開了，黏黏稠稠，像溫柔的女人黏着心愛的男人，捨不得走。香濃咖啡，熱氣氤氳，暖和了我這個天涯浪子、寂寞學生的心。秋雨過後，楓葉擎珠，顯得更紅艷。我悠悠的看着，不由跌進了溫柔鄉。能與信濃楓葉相比的，捨上野的百花誰屬！

那真是花中之國，什麼花都有，舉凡你叫得出名字的，都會活生生出現在你面前。我喜歡茉莉花、百合花、山茶花，但更中我意的，是桂花。桂花的香，桂花的秀，至今仍牢牢的刻在我心田裏。

郁達夫有一篇叫〈遲桂花〉的小說，讀在中學時期。故事沿用「私小說」形式，刻劃小叔對嬸嬸的愛慕。當時驚為「天人」，到了日本，眼界開了，佐藤春夫、谷崎潤一郎、泉鏡花的小說，我啃讀一通，始覺全都包含着達夫先生的面影。達夫先生留學日本，受了上述大家的影響，有意識地將東洋文學的神髓移植到中國來，一開中國讀者的眼界。

在上野溜達，在上野沉醉，在上野休憩。即便阮囊羞澀，只要有來回車費，也可消一永晝而獨得其樂。

一別東京久矣，不知何日再可重溫舊夢。只是不知怎的，一聞到秋天的氣味，那信濃的楓葉，上野的百花，都會悄悄靠近我身邊，低聲向我問好！

教我日語的前輩朋友

夏日溽熱，最好看書。看啥書？自然是心中的閒書。近日雅興遄飛，一眾書籍中，獨念知堂老人散文。一個上午，已看了二十來篇，其中有〈市河先生〉者，述知堂習日語經過，最合我意。知堂日語造詣若何？自不必我多言，看他翻譯的《東海道徒步旅行》、《浮世風呂》，便知梗概。白話以白話譯之，古文則用典雅古文出之，無不貼貼切切，字字合意，「信雅達」是焉。難怪文潔若女士誇他，「不管日語與原著有多麼晦澀難懂，主題有多麼冷僻，周作人的譯文都無一點錯處。」老人日語如此好，當是得到日語老師的眷顧吧？嘿，原來這只是我個人的想法，日語語力，據知堂自述，居然來諸自學。

〈市河先生〉一文如此說——「近十年來我在北京大學教日本文，似乎應該有好些的教學經驗可以談談，其實卻並不然。我對於教沒有什麼心得可談，這便因為在學的時候本來也沒有什麼成績。最重要的是經驗，我的經驗卻是很不上軌道很無程序的，幾乎不成其為經驗。我學日文差不多是自修的，雖然在學校裏有好幾位教員，他們很熱心地教，不過我很懶惰不用功，受不到多少實益。」縱然如此，知堂仍然要感謝他的幾位老師——「雖然我自己不好好地學，他們對於我總是有益處的。我被江南督練公所派到日本去學十木工程時已是二十二歲，英文雖然在水師學過六年，日本語卻是一句不懂的。最初便到留學生會館的補習班裏去學，教師是菊池勉，後來進了法政大學的預科，給我們教日文教員共有三位，其一保科孝一，國語學專家。其二是大島左壓之助，其三是市河三陽。」這三位老師給予知堂的印象都很淺，唯一例外的是市河先生——「我對於他的功課同樣地不大用心，但對於他個人特別有好感，雖然一直沒有去訪問過。」這便是大抵所謂「緣」了。

我學日語過程跟知堂很相近，也很疏懶不用功。七二年秋到東京，一週後便入大久保國際學友會日本語學校習日語，先後從過四位老師，早川治子、窪田、土岐和多谷，另外還有一位教英語的山本伊津雄。早川剛離大學不久，欠缺經驗，常為外籍學生所欺；窪田、土岐平平穩穩，一本正經，我們所學無多。女老師多谷，則不同矣，着我們把教科書收回抽屜，只寫自己的心得在黑板上，叫我們依照着學習。她最拿手的，便是講解日語的原形變化，生動有趣，一學便懂。某個冬日上午，天下鵝毛雪，一片片鋪在地上，很快成了白色的地毯，我踏雪上學，課室內只有多谷老師低首看書。一見我走進來，有點觸動，着我坐在她身邊，垂詢我的學習情況。多說無益，呈上習作請指正。看了看，道：「葉君，學得不壞呀！聽說你對日語並無興趣，對嗎？」欲言無語，只好承認。她指着我習作中的一個句子，這樣寫着：「鄰家　小貓叫，嬰兒哭聲。」其實是我偷取自小林一茶的「古井　蛙躍進　水之音」名句，以為會捱罵，多谷老師稱說有俳味，教我多從這方面着手。於是我就把《朝日》、《讀賣》副刊的俳句和散文摘錄下來，用中文譯出，再說與她聽。多谷老師懂得少少中國語，就指正我的錯處：「俳句首要譯出意境，卻不能害其意。」三個月後，我居然翻出了福永武彥、五木寬之甚而是永井荷風的散文。多谷老師很喜歡，對我有些少嘉許。前後我跟隨多谷老師學了六個月的日語，成績是譯比說好。我在想，倘若能一直跟着多谷老師學下去，我的日語一定會比現在好。

修業完畢，還有半年時間在東京閒遊。前前後後，遇到了不少文化界的好前輩，都在日語上，指點過我。最難忘的自然是京都大學教授竹內實，他是現代中國文學的權威，我認識他時，還是東京都立大學的教授，家住目黑，我常詣竹內府邸。先生生於山東，國語地道，住得近，翻譯上有不解的地方，跑去請教他。他的老朋友，魯迅專家相浦杲教授是七五年在香港認識的，那篇收錄在《梅櫻集》裏面的〈中國的一九三〇年代與魯迅〉，就是在他鼎力輔助下完成的。還有日本間諜小說權威中薗英助，我常到他久我山家喝酒聊天，多談小說的技巧和翻譯的要訣。當然忘不了摯友華房良輔大兄，是難得的通才，無所不懂、無所不能，論漫才（日本相聲），他是天皇般的存在。傑作是《天王陛下與漫才》，細看一遍，笑破肚皮。七四年秋離東京回港前夕，跟推理名家伴野朗相聚有樂町小酒館，耳邊響着青江三奈的怨聲，嘴唇舐着菊正宗，一時意動，說要翻譯伴野兄小說，逗得伴野呵呵大笑，一杯呷盡，當然乃夢囈而已，伴野兄離世久矣，我愧對故友。雨後，涼意傳體，忽發狠，想要再研讀日語翻譯，傳訊日本書店，訂購式亭三馬名作《浮世風呂》，手邊藏有知堂中譯本《浮世澡堂》，相互對照，從中取經，冀望能為老人小徒也，神明佑我！

熟悉而又陌生的老朋友

西窗剪燭影飄搖，欲言還休；夜來風雨惹人愁，難以解憂。我坐讀知堂信札，文云：「知海外報刊時常提及鄙人，無論是稱讚或罵，都很可感，因為這比默殺好得多。」語調平靜，心起波濤，知堂自知。一個人被罵，尚認為可感，不是悲劇是什麼？上文是知堂老人上世紀六五年四月四日致一生未晤摯友鮑耀明（成仲恩）的信函，距今已歷六十年。鮑耀明乃我大先輩，廣東中山人，幼年負笈日本，完成中學、大學，是慶應大學畢業生。回港後，先投報界，後從商，職至日本三井商事香港分行副總經理。日本公司素重論資排輩，副總經理已是華人當中最高者。我知知堂之名，約在六十年代中期，其時正籌劃往日本求學，遂多讀有關日本文化的文章。因知老大哥——《明報月刊》編輯黃俊東熟悉口本中國通竹內實教授，便求他書寫一函予竹內先生，以為照應。我甫二十出頭，尚未為《明月》供稿，平日上月刊編輯部，無非找老大哥俊東、哈公、王司馬等打牙祭。某日中午，恆常往編輯部，空無一人，我獨坐編輯部，看到俊東書枱上有新一期《明月》，翻開一看，《周作人、成仲恩通訊》赫然入目，一讀入迷，蕩漾於兩人深摯的友情當中。忽地，耳邊傳來俊東的嗓音：「關琦，看什麼看到那麼入神呀？」我回轉頭，指着通訊：「這位成仲恩先生是誰呀？」俊東回道：「那是老日本了，最熟悉知堂，老人的著作，每本他讀了無數遍，幾乎可以倒背出來。手邊有不少老人的資料、手跡、照片，遇到投來寫知堂的稿件，有曖昧不明處，都會向鮑老討教，他總會不厭其詳解答，給予編輯部很大的方便。」聽了很感興趣，便追住問：「鮑老是一個怎樣的人？」「君子！五十年來，罕見的君子也！篤誠厚道，學問紮實。」「那——那可否介紹我一見？」「來日方長，當然可以！」慢郎中俊東回答爽快（我暗叫一聲苦也。）我迷知堂，打六八年起，便從實用書局龍老闆那裏，陸續入手《立春以前》、《談龍集》、《談虎集》、《雨天的書》、《自己的園地》，計二十餘數。欣佩不已，還仿知堂文風，寫了一些雜文。滿以為會得到俊東欣賞，卻換來一頓臭罵：「年紀輕輕，老氣橫秋，萬萬不宜。知堂哪有那麼好學？看看還可以，學是學不到的！」「學不到他？為什麼？」我大大的不服氣。「唉，你這個人哪！坐不定，立不正，知堂的閒適，怕你一輩子都學不來！」聽到這裏，想想自己的脾性，氣消了一半，可痴戀知堂之心終未泯。（學得多少便多少，對不？）這一想，氣全消了！看我臉色忽青忽紅，怕我看不開，俊東溫柔地說：「放心，鮑老我倒是可以介紹你認識的。」聽了，雀躍萬分，結果嘛，慢郎中變身太極推手。這一推，五十年來，慈祥的鮑老，只在我的思念當中，始終未得一見，而咱們的太極推手俊東大哥早已遠赴悉尼，含飴弄孫矣。

於是我認識的成仲恩，全是從《明月》所得，零零碎碎、斷斷續續，不成章法。先前追問過俊東，也得不出所以然來，後來方知道他跟鮑老也不過是點頭之交，稱不上熟落。七二年我去日本，七四年半途停學回港，翻譯日文為生，往往遇到晦澀難明之處，就想到如果一早認識鮑老，大可請教，省力多了。朋友講緣，無緣對面不相識。直到最近看網上文章，方知鮑老曾為我的失誤而嘆息。陣陣暖意上心頭，陌生先輩會如此關懷後輩，心一酸，淚珠下。不死心，再度追尋鮑老。終有人告我，老朋友蔡登山跟鮑老多所往來，我就寫信向他討教，登山兄熱心，迅即回函述說鮑老生平，並附一文以誌始末，現抄錄如下——

當年我在做《作家身影》時，其中最大的挑戰是周作人這一集……他的影像資料全被銷毀殆盡（可惜可惜），聽說只保有六張常見的照片……面對如此拍攝困境，天道酬勤，終於得到香港老報人及名作家羅孚先生的協助，幫我聯繫到旅居加拿大的鮑耀明先生。鮑先生早年就和周作人通信幾十年，並以日本罐頭等食品寄贈給他，周作人無以回報，就將照片、書信、條幅等回贈給他。拍攝時，我們在香港除了訪問問羅孚和鮑耀明外，並拍攝鮑耀明從加拿大帶來的周作人照片、信札。同時我們也到北京訪問到見過周作人並且是研究專家的舒蕪先生，和寫有《周作人傳》的北大教授錢理群先生。而我也因此和鮑耀明老先生結下幾十年的忘年之交，他後來回到香港，住在他妹妹處，常來台北，來時一定約見面聊天。照片中是二〇一一年五月二十六日我請他到公館附近易牙居志老店小吃的照片，他當時已九十二歲，身體仍然硬朗，還在翻譯周作人未翻譯的日本書籍。……二〇一六年四月九日鮑老駕鶴西歸，享年九十七歲，他一生保留無數周作人史料、手稿，留下令人懷念的身影。

文中提到的知堂老人未翻譯的日本書，就是十返舍一九所著的《東海道徒步旅行記》（日語東海道中膝栗毛），是一部詼諧、滑稽小說，敘述江戶時代神田八丁堀居民彌次郎兵衛和食客喜多八在北海道沿途發生的滑稽、人情事蹟。周作人很喜歡這本小說，屢在他的散文中提及，因故無法翻譯，常引以為憾。今鮑老奮力譯訖，當可告慰老人在天之靈。這裏我需要一說的是十返舍一九跟式亭三馬，是並稱江戶滑稽小說的兩大家，讀者無數。我曾嘗試翻譯，功力不足，只好罷手。鮑老譯得如何？未看過譯本，不敢月旦，以他日語能力，當不致讓讀者失望。鮑老一生崇拜知堂，素未謀面，卻成知己，我於鮑老，亦相彷彿。

梅櫻三集

作　　者：沈西城
編　　者：黎漢傑
責任編輯：黎漢傑
封面設計：Kace yellow
內文排版：陳先英
法律顧問：陳煦堂 律師

出　　版：初文出版社有限公司
電郵：manuscriptpublish@gmail.com

印　　刷：陽光印刷製本廠

發　　行：香港聯合書刊物流有限公司
香港新界荃灣德士古道 220-248 號
荃灣工業中心 16 樓
電話：(852) 2150-2100　傳真：(852) 2407-3062

海外總經銷：貿騰發賣股份有限公司
電話：886-2-82275988　傳真：886-2-82275989
網址：www.namode.com

版　　次：2025 年 4 月初版
國際書號：978-988-71097-6-1
定　　價：港幣 138 元　新臺幣 520 元

Published and printed in Hong Kong

香港印刷及出版